Andy
Lyebhart

Andy Lyebhart

Hands t^wo Hearts

die Suche nach Glück

www.tredition.de

Impressum

Autor: Andy Lyebhart

Twitter: @lyebhart2andy1

Druck und Distribution im Auftrag:

tredition GmbH, Heinz-Beusen-Stieg 5, 22926 Ahrensburg,

Germany

Covergestaltung: Andy Lyebhart

Bildnachweise: Motiv erstellt mit der Wonder-App

ISBN Softcover: 978-3-384-39867-3

Die Publikation und Verbreitung erfolgen im Auftrag, zu
erreichen unter:
tredition GmbH, Heinz-Beusen-Stieg 5, 22926 Ahrensburg,
Germany

Bibliographische Information der Deutschen
Nationalbibliothek:
Die Deutsche Nationalbibliothek verzeichnet diese Publikation
in der Deutschen Nationalbibliographie.
Detaillierte bibliographische Daten sind im Internet über
http://www,dnb.de abrufbar.

Inhalt

unverhofftes Treffen 9

zwei Herzen, ein Leid 19

verblüffende Botschaft 29

Vorbereitungen 39

unverhoffte Hinweise 49

unerwartete Enthüllung 59

das Geheimnis der Hütte 69

erschreckende Erkenntnis 79

Entscheidung 89

der wahre Schatz 99

unverhofftes Treffen

Es war kurz nach der Mittagsstunde, als ich aus dem Wagen stieg. Kühle Luft umfing mich, versetzt mit dem sanften Aroma von Regen und Natur. Dazu noch die Klänge des Landlebens, die für meine den Stadtlärm gewohnten Ohren immer so faszinierend waren. All dies, kombiniert mit den Erinnerungen welche ich mit diesem Ort verband, bescherte mir ein sanftes Lächeln. Doch leider hielt dieses nicht lange an.

Langsam ging ich auf die breite Veranda zu, welche sich über die komplette Front des Hauses erstreckte. Ich stieg die drei Stufen hinauf, holte dabei den großen Briefumschlag aus meiner

Manteltasche, den ich vor knapp einer Woche erhalten hatte.

Der Anblick des blassbraunen Papiers, welches nun leicht zerknittert war, ließ mich an diesen Tag zurückdenken, als sich so vieles verändert hatte ...

Ich war gerade erst nach Hause gekommen, hatte den großen Pappkarton an der Küchentür abgestellt. An der Wand lehnend hatte ich versucht, das im Büro geschehene zu verdauen.

Nur weil unser Filialleiter sich diesen Mist erlaubt hatte, war mir nun innerhalb der Probezeit gekündigt worden.

Okay, eine solch umfassende Veruntreuung von Firmengeldern war nichts, was sich eine Chefetage gefallen lassen sollte. Aber dass der neu eingesetzte Leiter die Finanzen damit hatte aufpolieren wollen, dass er radikale Kürzungen im Personalbereich vornahm, das war einfach nur unfair gewesen! Spontan, und ohne weiter zu überlegen, Angestellte zu entlassen, das konnte sich schließlich auch als Fehler herausstellen.

Doch all mein Grübeln, alles Nachdenken, hatte an sich keinen Zweck gehabt, nur der

Verarbeitung gedient. Ändern hatte ich es sowieso nicht mehr können.

Und dann hatte es plötzlich geklingelt. Die Post hatte ein Päckchen gebracht, adressiert an mich, von einer Anwaltskanzlei, deren Namen ich nie zuvor gehört hatte. Und der Inhalt des Päckchens, ein Ordner mit vorne angeheftetem Schreiben, hatte mich schließlich die unerfreuliche Kündigung für einige Zeit vergessen lassen.

Dafür hatte es jedoch so viele Erinnerungen in mir wachgerufen, an Großtante Jo-Jo, die ich nun seit fast zwei Jahren nicht mehr besucht hatte ...

Seufzend entnahm ich dem Umschlag den Hausschlüssel, öffnete die Tür. Dieser war mir erst vor ein paar Stunden von einem der Angestellten der Anwaltskanzlei überreicht worden, zusammen mit der Besitzurkunde und ehrlich gemeinten Beileidsworten. Dennoch hatte ich mich bei diesem Treffen so unwohl gefühlt, wie schon lange nicht mehr.

Und nun wurde das komische Gefühl, welches ich während des Gesprächs mit dem Anwalt gehabt hatte, noch verstärkt. Durch eine Mischung aus Sehnsucht und trauriger

Gewissheit, beim Aufschließen der Haustür.

Schon beim Betreten des Empfangszimmers huschte mir ein unglückliches Lächeln über die Lippen. Es sah alles immer noch genauso aus, wie damals, als ich mit dreiundzwanzig Jahren das letzte Mal hier gewesen war. Derselbe alte, schokoladenbraune Teppich mit dem hellen Rautenmuster, dieselben rustikalen und doch modisch wirkenden Möbel. Dieselbe Treppe mit den Trittpolstern, die nach oben führte. Sogar die Tapeten hatten sich nicht verändert.

Nur eines fehlte. Das für mich Wichtigste, das ich früher mit diesem Haus verband.

»Tante Jo-Jo! Ich bin es, Vincent«, sagte ich, und bemerkte den heftigen Kloß in meinem Hals, »Es ... Es tut mir leid, dass ich so lange nicht hier gewesen bin.« Ich schloss langsam die Tür, blickte mich dann weiter um.

Links des Empfangszimmers war der hohe, bogenförmige Durchgang, der in den weiten Wohnbereich führte. Rechts ging es zur Küche, mit dem danebenliegenden Waschraum.

Ich atmete durch, schloss seufzend die Augen.

Wenn ich sie damals besucht hatte, war meine Großtante stets in der Küche gewesen. Sie hatte immerzu irgendwelche kleinen Leckereien zubereitet, und mich damit begrüßt. Das herrliche Aroma selbstgebackener Plätzchen, auch dieses fehlte.

Trotzdem betrat ich die Küche, ließ meinen Blick über die Einrichtung schweifen. Sogar hier war alles noch so, wie vor zwei Jahren. Zumindest sah ich nichts, was mir nicht in irgendeiner Form vertraut war. Die blassbeigen Schränke, der hohe Kühlschrank, die gemütliche Sitzecke. Selbst der Herd war derselbe, und obendrein abgedeckt. So war es immer gewesen, wenn ich das Haus betreten hatte.

Neben dem Durchgang stand auch der kleine Tisch, auf dem immer die Schüssel mit den Süßigkeiten platziert gewesen war. Und auch dies hatte sich fast nicht verändert. Nur die Schüssel sah anders aus. Damals war es eine einfache, schmucklose Porzellanschale gewesen, nun stand hier eine Plastikschale mit floralen Designs. Aber wenigstens die Bonbon-Sorte war dieselbe geblieben – mit Karamell gefüllte Minzbonbons, die Lieblingsnascherei von Großtante Jo-Jo.

Ich nahm eines der Bonbons, schob es in

meinen Mund. Die cremige Süße war mir so vertraut.

Langsam ging ich durch die Küche, öffnete und schloss Schränke, streichelte über Oberflächen.

Ich konnte immer noch nicht glauben, dass meine Großtante mich auf diese Weise in ihrem Testament bedacht hatte. Und das nach all der Zeit, in der ich keine Gelegenheit für einen Besuch gefunden hatte.

Immerzu hatte ich ihre Einladungen ausschlagen müssen, war einfach zu beschäftigt gewesen. Wir hatten zwar trotzdem oft und lange telefoniert, und uns Briefe geschrieben. Aber nun, wo sie nicht mehr da war, bereute ich mein zögerliches Verhalten zutiefst.

»Es tut mir so schrecklich leid, Tante Jo-Jo. Ich hoffe, du bist mir nicht allzu böse gewesen. Wobei ... dem Schreiben nach ja wohl nicht.« Wie um ihr meine Aufrichtigkeit zu demonstrieren, holte ich den Umschlag hervor, nahm das Schreiben heraus. Ich sah mich um. »Ich weiß gar nicht, wie ich dir danken soll. Aber ...« Mit einem Seufzen ließ ich mich auf die Sitzecke sinken. »Ich kann es mir nicht leisten, das Haus zu behalten, Tantchen. Ich hoffe du verstehst, dass ich es verkaufen muss. Es geht leider nicht anders.«

Für einen langen Moment blieb ich sitzen, lauschte auf die Geräusche des Hauses. Ich hielt sogar kurz den Atem an, als wenn ich eine Antwort erwarten würde. Doch abgesehen vom leisen Rauschen des Windes, der draußen durch die Hecken und Büsche strich, und dem trockenen Klacken der Uhr, gab es keinerlei Geräusche.

»Ich wünschte wirklich, es wäre anders, Tante Jo-Jo. Es gibt hier so vieles, so viele wundervolle Erinnerungen. Aber ...« Plötzlich verstummte ich, blickte dann überrascht zum Durchgang, der in das Empfangszimmer führte.

Das Klappern von Schlüsseln drang an meine Ohren, der Klang des Türschlosses, das sich bewegte. Dann hörte ich, wie sich die Tür öffnete.

Langsam erhob ich mich. Eigentlich hatte ich nicht mit jemand weiterem gerechnet. Und der Anwalt hatte auch nicht gesagt, dass noch jemand zum Haus kommen würde.

»Sorry für die Verspätung, Jo-Jo!«, erklang

eine weibliche Stimme. Sie wirkte irgendwie traurig, und gehetzt. Außerdem schien sie auch sonderbar verwirrt, als sie sagte: »Hab ich gestern Abend nicht abgeschlossen? Ich könnte schwören, dass ...«

»Hallo?« Langsam ging ich in Richtung Empfangsbereich.

Das Geräusch von Schritten erklang, langsam und zögerlich. Dann, ich hatte den Durchgang fast erreicht, schob sich eine Person am Rahmen vorbei.

Eine junge Frau, vielleicht in meinem Alter, sah mich mit großen Augen an. Sie trug einen langen luftigen Mantel über sommerlicher Kleidung, hatte lange, dunkelblonde Haare. Ihre fragend und erschrocken wirkenden dunklen Augen, waren fest auf mich gerichtet. Und sie hielt ihr Handy in der Hand.

Mit zittriger Stimme fragte sie: »Wer ... Wer sind Sie? Was wollen Sie hier?«

Ich seufzte, senkte mit einem traurigen Lächeln den Blick.

»Sind Sie ein Einbrecher? Ich ruf die Polizei!«, sagte sie warnend. Trotzdem zögerte sie. Genau wie ich schien auch von diesem Treffen ebenso überrascht zu sein.

»Ich bin Vincent«, sagte ich, »Vincent Layer. Ich war der Großenkel von ...«

»Oh Gott«, fiel mir die Unbekannte ins Wort. Sie kam auf mich zu, schloss mich überraschend in die Arme.

Ich starrte ratlos vor mich hin.

»Es tut mir so leid für Sie«, flüsterte die Frau, »Ich wusste nicht, dass ...« Sie verstummte. Bei den letzten Worten hatte ihre Stimme merklich gezittert, und halb erstickt geklungen. Dann vernahm ich auch das Schniefen, bemerkte ihr Zittern.

Schweigend legte ich meine Arme um sie, drückte diese mir vollkommen fremde Frau sanft an mich. Auch mir rannen Tränen über die Wangen.

Aber irgendwie war dieses Gefühl, die geteilte Trauer, auch seltsam befreiend. Und obwohl ich nicht wusste, wer die Frau war, die ich hier in den Armen hielt, war mir eines doch klar. Auch sie trauerte wohl um meine Großtante Jo-Jo.

zwei Herzen, ein Leid

Die junge Frau hatte mich ins Wohnzimmer gebeten, damit ich mich dort ein wenig ausruhen konnte. Sie selbst hatte bisher noch nicht viel über sich preisgegeben. Aber immerhin hatte sie mir ihren Namen genannt.

»Lynda Welton ...« Ich bewegte den Namen immer wieder im Geiste hin und her, konnte ihn aber trotz aller Überlegungen nicht zuordnen. Ich kannte niemanden mit diesem Nachnamen.

Trotzdem musste sie wohl irgendwie mit meiner Großtante zu tun gehabt haben. Sie fand sich wirklich gut im Haus zurecht, wusste wo was zu finden war.

Und sie kannte auch die Kurzform ihres doppelten Vornamens: Jo-Jo – das stand für Joanne-Josephine, und diese Benennung durfte nur von jenen Leuten genutzt werden, die meiner Großtante wichtig gewesen waren.

Somit musste diese Lynda also in irgendeiner Weise mit ihr in Verbindung gestanden haben.

»So, da bin ich wieder«, riss die Stimme der jungen Frau mich aus meinen Gedanken. Sie kam zur Couch, stellte ein Tablett mit Plätzchen, zwei Tassen und einer Kanne mit frisch gebrühtem Kaffee auf den kniehohen Tisch. Dann schenkte sie ein und reichte mir eine Tasse.

Ich musterte sie die ganze Zeit, und überlegte, wie ich wohl mehr Informationen aus ihr herausbekommen konnte. Meine Blicke blieben Lynda allerdings nicht verborgen, was mich nicht mal wunderte. Sie waren einfach zu offensichtlich, und ließen die Frau schmunzeln.

Sie goss sich selbst eine Tasse Kaffee ein, und setzte sich dann im Schneidersitz auf die Couch.

»Jo-Jo hat wirklich nicht übertrieben«, sagte sie, den Blick zu mir gerichtet, »Sie grübeln wirklich sehr viel, Vincent.«

Ich sah sie fragend an. »Wie meinen Sie das?«

Lynda grinste. »Nun, Sie haben offensichtlich Fragen, die Sie beschäftigen. Aber Sie machen sich zu viele Gedanken, wie Sie diese stellen sollen.« Dann senkte sie den Blick. »Jo-Jo hat immer viel von Ihnen gesprochen, müssen Sie wissen. Es gab nur selten mal eine Woche, in der der Name Vincent nicht mindestens ein paar Mal von ihr genannt worden war.«

Mir wurde flau. Wieder bildete sich ein dicker Kloß in meinem Hals, verhinderte merklich, dass etwas anderes als ein dumpfes Schniefen von mir zu hören war. Ich wendete den Blick ab, blinzelte gegen die Tränen an.

»Sie hat immer in den höchsten Tönen von Ihnen gesprochen, Vincent. Ich bin sicher, dass Jo-Jo sich über einen Besuch gefreut hätte.«

Ich nickte, versuchte dann, meine Stimme zu finden. »Ich weiß. Und es tut mir so unendlich weh, dass ich sie nicht nochmal gesehen habe.« Die Worte klangen selbst für mich schwach, und viel zu weinerlich.

Eine Hand legte sich an meinen Arm. Die Berührung war sanft. Ebenso wie Lyndas Stimme: »Machen Sie sich keine Vorwürfe. Sie hat es auch nicht getan. Jo-Jo hat Sie sehr geliebt,

Vincent. Ansonsten hätte sie mir bestimmt nicht so oft von Ihnen erzählt.«

Ich wischte mir die Tränen weg, sah die junge Frau dann unsicher an.

Sie lächelte, nickte mir zu. »Sie hat sie immerzu gelobt. Jo-Jo war so unendlich stolz auf ihren einzigen Großenkel, das hat sie immer gesagt.« Dann seufzte Lynda. »Ich weiß noch, wie sehr sie sich immer auf Ihre Anrufe gefreut hat. Und erst die Briefe.« Sie lachte, sah mich dann mit einer fast schon liebevollen Sanftheit an. »Ich musste ihr die immer wieder vorlesen. Jo-Jos Augen sind ja zuletzt so schlecht gewesen, dass sie eigentlich eine starke Brille brauchte.«

Ich runzelte grinsend die Stirn. »Nein, sie hätte nie eine Brille getragen. Sowas war einfach nicht ihr Stil.«

Lynda stimmte mir zu, und erklärte, dass es deshalb ein Teil ihrer Aufgaben geworden war, meiner Großtante sämtliche erhaltenen Briefe und Schreiben vorzulesen. Und anschließend hatte Großtante Jo-Jo ihre Antwort diktiert, die Lynda dann für sie tippen musste.

Verblüfft sah ich sie an. »Ach, deshalb waren die Briefe immer mit Maschine getippt, und sie hat sie nur noch unterschrieben. Ich hatte mich schon gewundert.«

»Ja, und Sie hatten nachgefragt«, ergänzte Lynda, »Im September vorletzten Jahres. Erinnern Sie sich? Jo-Jo hat echt lange überlegt, ob sie, zumindest Ihnen gegenüber, ihre schlechten Augen erwähnen sollte, sich dann aber dagegen entschieden.« Sie grinste wieder. »Stattdessen hatte sie gesagt, dass ich schreiben sollte, sie wolle sich ein wenig moderner zeigen.«

Einen Augenblick dachte ich schweigend nach, nickte dann zustimmend. Und dann wagte ich es, und fragte Lynda direkt nach ihrer Verbindung zu meiner Großtante.

Sie nickte, trank noch einen Schluck Kaffee, und stellte die Tasse dann auf den niedrigen Tisch. Dann sah sie mich an, wobei ihre dunklen Augen leicht tränenfeucht funkelten. »Jo-Jo hat mich als Haushälterin angestellt, vor etwa acht Jahren. Nachdem ihre Nachbarin, und einzige verbliebene Freundin verstorben war, war sie sehr einsam gewesen. Sie wissen, Jo-Jo hatte selbst keine Kinder, keinen Mann, nicht mal Haustiere.«

Ich seufzte betrübt, als mich erneut ein Gefühl der Schuld beschlich. »Stimmt. Sie war fast immerzu auf Reisen, hatte dadurch auch viele Freunde und Bekannte gefunden. Aber trotzdem niemanden, der ihr wirklich nahe stand.«

Lynda nickte. »Ja. Deshalb hat sie damals eine Annonce geschaltet, eher schmucklos und mit wenig Anreiz. Vermutlich dachte sie, dass da eh niemand drauf reagieren würde.«

»Aber Sie taten es.« Ich musterte Lynda anerkennend.

Diese jedoch zeigte kein Lächeln, als sie sagte: »Jo-Jo war für mich gewissermaßen eine Art Rettungsboot. Mein damaliger Partner hatte mich kurz vorher rausgeschmissen, ich war völlig am Ende gewesen. Ich brauchte unbedingt eine Unterkunft. Die Annonce entdeckte ich nur zufällig, in einer mehrere Tage alten Zeitung im Park, und dann bin ich einfach hergekommen.« Lynda machte eine kurze Pause, blickte auf ihre nun leere Kaffeetasse. Dann umspielte ein Lächeln ihre Lippen. »Ihre Großtante hat mich damals, bei meiner Vorstellung, gar nicht richtig zu Wort kommen lassen. Sie hat mich ohne irgendwelche Fragen und Überprüfung einfach als Haushälterin eingestellt. Inklusive eigenem Zimmer hier im Haus, und vollem Zugang zu allen Räumen. Aber wirklich viel zu tun hatte ich fast nie. Eigentlich haben Jo-Jo und ich fast immer nur zusammengesessen und geredet, oder Karten gespielt. Und dann, eines Tages, hat sie mir dann die wahren Beweggründe erklärt. Dass sie einfach nur Gesellschaft wollte.«

»Wenn ich das nur geahnt hätte«, sagte ich, »Sie hat mir nie irgendwas davon erzählt. Auch nicht von Ihnen, Lynda. Warum eigentlich nicht?«

Sie zuckte mit den Schultern, blickte dabei zu meiner Tasse, die ich inzwischen ebenfalls geleert hatte. »Ich weiß es nicht, Vincent. Vielleicht wollte Jo-Jo Ihnen kein schlechtes Gewissen machen. Möchten Sie noch eine Tasse Kaffee?« Als ich nickte, Lynda meine Tasse auffüllte, und sich dann ebenfalls nachschenkte, kicherte sie plötzlich. »Ich hätte ja nie gedacht, dass Jo-Jos Worte irgendwann mal wahr werden würden. Nun kann ich ihre Bitte erfüllen, und mein Wort halten.«

»Wie meinen Sie das?«

Lynda lehnte sich zurück, trank einen Schluck, und blickte dann geradewegs durch das Wohnzimmer zu der alten Eichenschrankwand. Aber sie schwieg, trank nur langsam ihren Kaffee.

Erst als sie fertig war, und die Tasse abgestellt hatte, sah sie mich wieder an. »Jo-Jo hat mich um ein Versprechen gebeten. Das ist jetzt erst drei Monate her. Ich glaube ...« Sie schluckte, blinzelte angestrengt. Trotzdem sah ich die Tränen. »Ich glaube, sie wusste, dass es nicht mehr lange dauern würde.« Schniefend blickte sie erneut zur Schrankwand.

Auch ich schniefte, fragte dann leise: »Und was war das für ein Versprechen? Was hat sie gewollt?«

Mit einem traurigen Lächeln sah Lynda mich an. Dann ging sie zur Schrankwand hinüber, öffnete eine der Türen, und holte ein Tablet heraus. Auf dem Weg zurück zur Couch aktivierte sie das Gerät, und reichte es mir dann.

»Ihre Großtante hat eine Videoaufzeichnung für Sie gemacht, Vincent. Und wenn Sie hier erscheinen würden, dann sollte ich Ihnen die Aufnahme übergeben. Ich weiß aber nicht, worum genau es geht.« Sie sah mich bittend an.

Mir wurde ein wenig mulmig. Immerhin hatte ich ja keine Ahnung, was Großtante Jo-Jo mir sagen wollte. Trotzdem brachte ich es nicht übers Herz, Lynda ihre unausgesprochene, aber dennoch erkennbare Bitte auszuschlagen. Sie hatte so viel Zeit mit meiner Großtante verbracht, und vermisste sie mindestens so sehr wie ich es tat.

»Okay. Sie können sie mit ansehen.«

Als ich dann die Datei aufrief, und auf Play drückte, hatten wir beide keine Ahnung, was geschehen würde ...

Kapitel 3

verblüffende Botschaft

Im Wohnzimmer war es still geworden. Abgesehen vom Ticken der großen Standuhr, und dem immer wieder leise erklingenden Räuspern. Dieses kam sowohl von Lynda als auch von mir, und meines war weit häufiger als das der jungen Frau.

Sie hatte während der ersten Minuten der Videobotschaft an meiner Schulter gelehnt, war dann aber im Verlauf langsam von mir weggerutscht. Und ich hatte sie dabei sogar verstehen können. Immerhin war ich doch selbst von Großtante Jo-Jos Worten völlig überrascht gewesen.

»Das kann unmöglich ernst gemeint sein«,

murmelte ich mit einem nervösen Lachen, und schob den Zeitregler des Videos zurück, »Da muss ein Fehler drin sein. Irgendwas haben wir verpasst!«

Neben mir starrte Lynda, die sich bis zum anderen Ende der Couch zurückgezogen hatte, auf das Tablet. Sie schwieg, aber ich vermutete einfach, dass sie mir zustimmen würde. Nur ihr unsicherer Blick ließ mich stutzen.

Mit einem spürbar gehetzten Lächeln sagte ich: »Sie hat garantiert einen Witz gemacht, Lynda. Tante Jo-Jo hat oft mit mir gescherzt. Bestimmt ist das auch nur wieder ...« Dann verstummte ich.

Lynda sah mich direkt an. Der Ausdruck auf ihrem Gesicht, ein Mix aus Unsicherheit, Verwirrung, und einer sonderbaren Form von Sanftheit, bescherte mir ein Schaudern.

Leise, den Blick wieder senkend, aber nun mit einem Lächeln, sagte sie: »Nein, es ist kein Scherz, Vincent.«

»Aber ...«

»Jo-Jo mag ja ihre Witze gemacht haben, das geb auch ich gerne zu. Aber bei sowas, da machte sie niemals Spaß! Das müssten Sie doch wissen.«

30

Eine angespannte Stille trat ein, während der mein Blick von Lynda zum Tablet und wieder zurück wanderte. Ich hatte inzwischen die Stelle gefunden, die ich gesucht hatte, das erkannte ich an dem Blick, den Großtante Jo-Jo in dem Video zeigte. Mein Finger schwebte für einen Moment über dem Play-Button. Seufzend tippte ich darauf, und die Abbildung meiner Großtante erwachte zum Leben.

»... hätte ich ja niemals geahnt, dass sie, also Lynda, mir so sehr ans Herz wachsen würde. Ihr beide nehmt euch damit nicht viel, und steht für mich auf einer Stufe, Vincent. Deshalb habe ich eine Bitte, und ich will, dass du das nicht gleich ablehnst.« Großtante Jo-Jo hatte sich bei diesen Worten kurz zur Seite gelehnt, einen kleinen Bilderrahmen herangeholt. Darauf blickend, ein sanftes Lächeln zeigend, fuhr sie fort. »Ich habe über die Jahre so viele gute Freunde gefunden, und einige davon stehen immer noch mit mir in Kontakt. Aber die wahre Liebe, die ist mir immerzu verwehrt geblieben. Bestimmt lag das an meinen vielen Reisen, die ja immer nur dem Zweck der Entdeckung und des Abenteuers gedient haben.« Bei dem Satz über ihre Reisen hatte sie den Bilderrahmen abgelegt, und direkt in die Kamera geblickt.

Ihr Blick, forschend und ermahnend, ließ mich auch nun, wo ich ihn zum zweiten Mal sah, tatsächlich ein wenig erschaudern. Es wirkte so echt, dass ich wirklich das Gefühl hatte, sie würde mich direkt ansehen!

»Ich will nicht, dass du denselben Fehler machst, wie ich! Vincent, durch deine Eltern habe ich erfahren, dass dir scheinbar mehr an der Arbeit und deinen Hobbies liegt, als an ehrlichen Beziehungen. Und ich kenne deine Hobbies, mein Junge. Auch ich mag Abenteuerfilme und Romane über Schatzsuchen. Das alles mag ja momentan für dich spannend sein, aber im Alter ... Ich sehe in dir so viele Parallelen zu mir, und das macht mich stolz. Aber ich will, dass du mehr aus deinem Leben machst, Vincent!«

Meine Hand zuckte zum Tablet, und ich hielt das Video an. Mein Blick haftete fest auf dem kleinen Bildschirm.

Ja, ich verbrachte wirklich viel von meiner Freizeit mit Träumereien, Filmen, Büchern, und Computerspielen. Freunde hatte ich kaum welche. Von einer Beziehung, oder überhaupt der Möglichkeit einer festen Bindung, konnte ich höchstens fantasieren. Und in meiner aktuellen Situation war das vielleicht auch ganz gut so.

»Stimmt was nicht?«, hörte ich Lynda fragen.

Kurz sah ich zu ihr, ließ dann, nach einem kurzen Kopfschütteln, das Video weiterlaufen.

»Dass ich dir das Haus vererbe, das weißt du bereits, Vincent. Aber ich habe noch etwas viel Größeres, etwas viel Wertvolleres, das ich dir hinterlassen möchte. Es ist ein Schatz, den ich einst auf dem Grundstück versteckt habe.« Großtante Jo-Jo lächelte bei diesen Worten verschmitzt in die Kamera.

»Ein Schatz ...«, hörte ich Lynda überrascht wiederholen, genau wie schon vorhin, als wir diesen Worten zum ersten Mal gelauscht hatten.

Ich sah erneut kurz zu ihr, aber sie blickte nur grübelnd vor sich hin.

Inzwischen lief das Video weiter. »Aber, nicht dass du denkst, dieser Schatz wäre nur eine Metapher. Er existiert wirklich! Der genaue Wert ist mir nicht direkt bekannt, aber die Suche lohnt sich durchaus. Allerdings ...« Sie machte eine Pause, blickte zur Seite. Ein verträumtes Lächeln umspielte ihre dünnen, runzligen Lippen. »Um den Schatz zu finden, da brauchst du Hinweise, mein Vincent. Diese besitzt Lynda, aber sie weiß es wahrscheinlich nicht einmal. Ihr werdet euch einander nähern müssen, euch gegenseitig vertrauen. Erst dann wird Lynda den ersten Hinweis erkennen. Dieser leitet euch sodann zum nächsten weiter. Und, Vincent, ich will, nein ich erwarte von euch, dass ihr beide wirklich eng zusammenarbeitet – als Partner. Denn nur so könnt ihr beide den Schatz finden, den ich versteckt habe. Nur durch Vertrauen, Hingabe und Mut, und durch gegenseitige Unterstützung, werdet ihr das schaffen. Du weißt, dass dies genau das ist, wovon ich immer geredet habe. Partner müssen einander helfen, und sich auf den anderen verlassen können. ... Also, wenn du den Schatz finden willst – und ich weiß, dass du das willst – dann wird Lynda deine Partnerin sein! Ich verlasse mich auf dich, mein Vincent.« Der Blick meiner Großtante war bei diesen Worten voller Sanftheit, aber gleichzeitig erkannte ich darin auch ihre Ernsthaftigkeit.

Leise, eigentlich nur für mich, murmelte ich: »Du meinst das wirklich ernst? Aber ... Ich kenn

Lynda doch gar nicht! Wie kann ich da ...« Mein Blick wanderte zu der jungen Frau.

Sie hatte ihre Knie zur Brust hochgezogen, blickte durch das Zimmer. In ihren Augen glitzerten Tränen, aber sie lächelte auch. Nur ganz leicht, aber es war dennoch erkennbar.

Tief atmete Lynda durch, dann sagte sie: »Ich hab keine Ahnung, wie Jo-Jo das alles gemeint hat. Dass ich irgendwelche Hinweise auf einen versteckten Schatz haben soll. Ich weiß nicht mal, ob das wirklich wahr ist. Jo-Jo hat nie von etwas in der Art gesprochen, und ich habe da auch nie irgendwas mitbekommen.« Sie seufzte, senkte kurz den Blick. Dann sah sie mich an. »Keine Ahnung, was Jo-Jo also wirklich vorhat, aber ... Wenn Sie nach dem Schatz suchen wollen, Vincent, dann helfe ich Ihnen natürlich.« Ihr Blick wanderte auf das Tablet. »Es ist mir wichtig, ihr diesen Wunsch zu erfüllen.«

Ein leises Lachen drang über meine Lippen. »Für mich klang es ja mehr wie eine von Großtante Jo-Jos Lektionen, als wie eine Bitte. Darin war sie immer außerordentlich gut, und fast jede davon ist mir im Gedächtnis geblieben.« Für einen Moment sah ich wieder auf das Tablet.

35

»Dass sie einen echten Schatz versteckt haben soll ...«

»Glauben Sie ihr nicht?«, fragte Lynda misstrauisch.

»Doch«, gab ich aufrichtig zurück, »Das schon. Und was es auch ist, ganz so leicht wird es wohl nicht zu finden sein. Dazu war sie viel zu gewieft.« Ich legte das Tablet auf den Tisch, drehte mich dann zu der Frau um. Mit einem freundlichen Lächeln hielt ich ihr die Hand entgegen. »Das mit dem Siezen hat sich dann jetzt also erledigt, Partner. Ich bin Vincent. Du kannst mich aber gerne Vince nennen.« Ich zwinkerte ihr zu.

Für einen Wimpernschlag sah Lynda mich überrascht an. Dann, mit einem zögerlichen Lächeln, dem ein geradezu liebenswertes Kichern folgte, ergriff sie meine Hand.

Irgendwie glaubte ich, dass dieser Moment, in dem Lynda mir mit diesem sanften Lächeln ihre Zustimmung gab, genau das war, was Großtante Jo-Jo sich erhofft hatte.

Mein Blick wanderte zum Tablet, auf dem das zufriedene Lächeln der alten Frau mir all ihre Freude zu zeigen schien. Ich schmunzelte, und konnte nicht anders, als ein langes, hörbares Pusten von mir zu geben.

Das leise Kichern von Lynda lockte meinen Blick wieder zu ihr.

Sie hatte die freie Hand vor ihre Lippen gehoben, aber ihre Augen blitzten geradezu vor Freude. Am Beben ihrer Schultern konnte ich ihr verhaltenes Kichern erkennen. Vermutlich würden solche Momente, in denen Lynda durch meine Angewohnheiten zum Lachen gebracht würde, noch deutlich öfter vorkommen.

Aber das störte mich nicht weiter, denn Lynda hatte ein unglaublich niedliches Lächeln. Und ihr Lachen, das klang einfach so herrlich befreiend, dass es jedem, der es hörte, sofort die Seele erhellen konnte.

Meinen Blick wieder zum Tablet lenkend, nickte ich entschlossen. Ich wusste zwar immer noch nicht, was genau der Plan meiner Großtante sein mochte, und ob der Schatz überhaupt wirklich existierte. Aber zumindest eines war mir klar: Lynda und ich, wir waren nun Partner, die zusammenarbeiten mussten, um nach diesem ominösen Schatz zu suchen. Was auch immer dies sein mochte.

Kapitel 4

Vorbereitungen

Gedankenverloren wanderte ich durch das Obergeschoss des Hauses, das einst meiner Großtante gehört hatte. Das Haus, welches sie mir vererbt hatte, und in dessen Umfeld sich irgendwo ein Schatz verbergen sollte.

Mein Vorhaben, das Haus und das dazugehörige Stück Land einfach zu verkaufen, um mich trotz meiner Entlassung zumindest einige Zeit lang über Wasser zu halten, der hatte sich nun auf eine herrlich spannende Art zerschlagen. Also, zumindest hatte er sich vorerst auf unbestimmte Zeit verschoben.

»Ein Schatz … der wohl wer-weiß-wieviel

wert ist ...«, murmelte ich nun immer mal wieder leise vor mich hin, während ich Türen öffnete und in die dahinterliegenden Zimmer blickte. Es hatte sich wirklich kaum etwas verändert, seit ich zuletzt hier zu Besuch gewesen war.

Eigentlich hatte ich mit der Besichtigung ja nur begonnen, um nicht einfach nur ziellos umher zu laufen. Aber nun, beim Blick in ein ganz bestimmtes Zimmer, musste ich einfach verharren.

Ich fühlte das Lächeln, welches sich auf mein Gesicht legte. Der Anblick von Großtante Jo-Jos Büchersammlung war einfach wieder nur beeindruckend. Es waren tatsächlich mehr Exemplare geworden, was mich aber nicht überraschte. In dem Lesezimmer, in welchem meine Großtante auch die Videobotschaft aufgezeichnet hatte, befanden sich drei neue freistehende Regale, die zur Sicherheit über massive Ketten mit der Decke verbunden waren.

Ich hatte das Zimmer betreten, mir einige der neuen Buchtitel angesehen. Und auch hierbei war ich nicht wirklich überrascht worden – es waren fast nur Bücher über Abenteuer, lange verlorene Schätze, legendäre untergegangene

Zivilisationen. Großtante Jo-Jo und ich hatten genau denselben Geschmack, wenn es um literarische Unterhaltung ging.

Schließlich löste ich mich vom Anblick der Bücher, ging ich auf den Schreibtisch zu. Dieser wirkte nun so viel aufgeräumter als früher. Ich erinnerte mich noch genau, wie meine Großtante und ich oft hier gesessen hatten. Wir hatten Angaben aus Büchern notiert, und diese dann gemeinsam analysiert. Der Tisch war unsere Einsatzzentrale gewesen, wenn es um unsere gedanklichen Schatzjagden ging – von denen wir damals so unendlich viele unternommen hatten.

Ich setzte mich in den bequemen Drehstuhl, legte die Unterarme auf den Tisch. Meine Finger strichen sanft über die raue Oberfläche, während mein Blick durch das Zimmer wanderte.

Leise, nur für mich, sagte ich: »Du willst also, dass ich auf Schatzsuche gehe, Tante Jo-Jo. Und diesmal nicht nur gespielt, sondern richtig.« Ich lehnte mich zurück, hob den Blick zur Decke. »Ich schätze mal, dass mir deine Bücher dabei nicht wirklich helfen können. Aber deswegen hast du ja gesagt, dass Lynda und ich als Partner arbeiten sollen. Die Frage ist nur ...«

Ein sanftes Klopfen lenkte meine Aufmerksamkeit zur Tür.

Lynda lehnte am Rahmen, sah mich an. Und sie zeigte ein Lächeln, weich und sanft. »Jo-Jo hat auch immer laut gedacht. Besonders, wenn sie irgendwie feststeckte.« Sie kam ins Zimmer, ging langsam an den Regalen vorbei.

Mit der einen Hand strich Lynda über einige der Buchrücken. In der anderen trug sie das Tablet. Und es war immer noch eingeschaltet, lief auf Standby. Das blinkende Licht war für mich deutlich zu erkennen.

»Glaubst du echt, dass ich feststecke?«, fragte ich, und betrachtete die junge Frau skeptisch.

Sie schüttelte den Kopf, schmunzelte dabei. Aber sie sah mich nicht an. Ihre Aufmerksamkeit schien allein den Buchtiteln zu gehören. »Ich habe nie verstanden, warum Jo-Jo immer nur so komisches Zeug gelesen hat. Abenteurer auf der Suche nach Schätzen ...«

Ein leises Lachen klang aus meinem Mund, als ich mich erhob. »Mir geht es da nicht anders.«

Nun blickte sie herüber. »Ja. Ich meine, wie

kann man überhaupt auf Abenteuer und Action in Büchern stehen. Ich finde, Filme sind da doch viel eingängiger, und visueller.«

Mein leises Lachen wandelte sich zu einem etwas lauteren. »Oh, ein Missverständnis. Ich meinte, dass ich auch eine Vorliebe für diese Genres habe.« Ich hatte Lynda inzwischen erreicht, stand neben ihr an einem der neueren Regale. »Tante Jo-Jo und ich haben hier damals manchmal Stunden, wenn nicht gar Tage zugebracht. Wir haben gemeinsam gelesen, das Vorgehen der Charaktere in den Büchern analysiert, und dann bessere Strategien für die beschriebenen Schatzsuchen entwickelt.«

Ich bemerkte Lyndas Blick. Darin lagen Unglauben, Skepsis und eine nicht geringe Form von Amüsement.

»Echt?«, fragte sie, wobei ich das noch verborgene Grinsen sogar hören konnte. Und als ich nickte, hob sie ihre Hände vor den Mund. Ihr Lachen war sanft, irgendwie angenehm.

Sie brauchte eine kurze Weile um sich zu beruhigen. Ihr Blick war dabei immerzu von mir zum Schreibtisch gewandert, wobei gerade mein Anblick wohl immer einen neuerlichen

Lachschub bewirkt hatte.

Aber ich fand den Klang von Lyndas Lachen, wie gesagt, angenehm. Ebenso wie ihre nun viel entspanntere Haltung.

Nachdem Großtante Jo-Jo in dem Video eine Zusammenarbeit zwischen uns beiden erbeten, oder besser verlangt hatte, war sie ziemlich ruhig geworden. Sie hatte zwar zugestimmt, dass sie mich bei der Suche nach dem Schatz unterstützen würde, aber irgendwie schien sie die ganze Zeit über nur halb anwesend gewesen zu sein.

Dies war dann auch der eigentliche Grund für meine kleine Wanderung durch das Haus gewesen. Ich wollte Lynda etwas Zeit zum Nachdenken geben. Und wohl auch mir selbst.

»Also gut«, erklang die Stimme der Frau, immer noch hörbar durchsetzt von Kichern und begleitet von einem breiten Grinsen, »Ich denke, wir sollten vielleicht versuchen, Jo-Jos Worte mal richtig auszuwerten.« Sie sah mich an. Ihre dunklen Augen schienen dabei zu blitzen.

»Okay, gehen wir alles nochmal durch.« Ich nickte, ging dann wieder zum Schreibtisch hinüber.

44

Mit einem raschen Griff öffnete ich die rechte obere Schublade. Zufrieden grinsend erkannte ich, dass auch diese Gewohnheit von Großtante Jo-Jo sich nicht verändert hatte. Wie auch schon damals entnahm ich der Schublade Schreibzeug und einen mittleren Notizblock.

Als ich aufblickte, bemerkte ich, dass Lynda schon wieder kurz vor einem Lachanfall zu stehen schien. Aber noch hielt sie sich zurück.

Ein freches Grinsen legte sich auf mein Gesicht, als ich sie wartend ansah. Ich trommelte mit einem Stift auf dem Schreibblock – und erreichte tatsächlich mein Ziel.

Lynda prustete los, und kam dann mit einem beinahe schon befreit klingenden Lachen zum Schreibtisch.

Es war spät geworden. Draußen funkelten bereits einige Sterne am immer dunkler werdenden Himmel, und das monotone Lied der Zikaden drang sanft an meine Ohren.

Ich lag auf der Couch, blickte grübelnd zur Decke hinauf. Eigentlich hatte Lynda mir ein ordentliches Zimmer anbieten wollen, aber die Couch genügte mir vollkommen. Zuerst hatte sie sogar ein bisschen enttäuscht gewirkt, es dann aber doch akzeptiert.

Trotzdem hatte sie es sich nicht nehmen lassen wollen, mir die Couch für die Nacht vorzubereiten. Als ich dann gemeint hatte, dass ich das auch selbst machen könnte, hatte sie wieder kurz unglücklich gewirkt.

Und dann hatte Lynda gesagt, dass ihr die Arbeit fehlen würde. »Seit Jo-Jo ... Seit sie nicht mehr da ist ...« Ihre Stimme hatte gezittert, war schließlich in einem Schniefen verklungen.

Sie hatte so erschlagen gewirkt, dass mir einfach nichts übrig geblieben war, als es ihr zu gestatten. Wobei ich allerdings zugeben musste, dass es sich irgendwie falsch angefühlt hatte. Auch wenn es ihr wohl gefallen hatte, sich endlich wieder um jemandes Wohl bemühen zu dürfen.

Aber ich musste zugeben, dass sie wirklich gut in ihrem Job war. Ihre Bewegungen hatten dermaßen routiniert gewirkt, und sie hatte die Couch so schnell ein ordentliches Nachtlager umgewandelt, dass ich absolut sprachlos war. Ich hätte garantiert mindestens doppelt so lange gebraucht.

Nun jedoch verhinderte etwas, dass ich zur Ruhe kam. Allerdings lag es nicht an der Couch, sondern an meinen Gedanken, die einfach nicht still sein wollten. Doch dies störte mich nicht weiter, denn nachdenken musste ich ohnehin.

Es war so vieles geschehen, in so kurzer Zeit.

Der Verlust meiner Arbeit, die Nachricht vom Tod meiner geliebten Großtante, die mir ihr Haus vererbt hatte. Dann das Zusammentreffen mit Lynda, die so vieles über mich zu wissen schien, und sich jahrelang um Großtante Jo-Jo gekümmert hatte, ohne dass ich davon erfahren hatte.

Ich konnte noch immer nicht wirklich fassen, dass mir ihre Anwesenheit hier damals nie aufgefallen war. Immerhin hatte sie ja acht Jahre für Großtante Jo-Jo gearbeitet, wie sie gesagt hatte. Aber auch diese hatte Lynda mir gegenüber niemals erwähnt gehabt. Gewiss hatte sie ihre Gründe dafür gehabt, aber sonderbar war es trotzdem irgendwie.

Dennoch, für den Augenblick wollte ich diese Fragen noch unbeantwortet lassen. Vielleicht konnte ich später noch Licht in diese Sache bringen. Im allerschlimmsten Fall würden die

Fragen dann eben unbeantwortet bleiben.

Was nämlich aktuell wichtiger war, das war dieser ominöse Schatz. Und die Regel, welche meine Großtante mir und Lynda aufgedrückt hatte. Wir sollten zusammenarbeiten, uns einander annähern, um dann gemeinsam den Hinweisen zu folgen.

Die erneute Analyse der Videoaufzeichnung hatte uns leider überhaupt nicht vorangebracht. Großtante Jo-Jo hatte wohl keine verborgenen Hinweise darin versteckt. Lynda und ich hatten alles genau nachgestellt. Sogar den Bilderrahmen hatten wir identifiziert.

Dieser zeigte eine Fotografie von Großtante Jo-Jo, meinen Eltern und mir. Das Bild war vor fast vierzehn Jahren entstanden, als meine Großtante von einer längeren Reise durch den afrikanischen Kontinent zurückgekommen war. Aber viel mehr als Glück, Zufriedenheit und Erfolg sagte es eigentlich nicht aus.

Dennoch hatte ich entschieden, mir morgen die Mitbringsel aus dieser Zeit mal genauer anzusehen. Und wenn auch nur, um mich an damals zu erinnern.

Kapitel 5

unverhoffte Hinweise

Müde in den Tag zu starten, sowas war für mich nicht ungewohnt. Es war über die letzten Monate tatsächlich fast eine Art Normalzustand für mich geworden. Doch es machte schon einen Unterschied, ob man wegen einer beruflichen Tätigkeit in einer solchen Verfassung war, oder ob sie wegen einem unbequemen Schlafmöbel auftraten.

Ja, trotz Lyndas Vorbereitungen hatte sich die Nacht auf der Couch doch als eine unangenehme Tortur erwiesen. Wirkliches Umdrehen war nicht möglich gewesen, und ich war immer wieder kurz aufgewacht.

Aber immerhin half der Kaffee. Ich trank nun

schon die sechste Tasse, auch wenn Lynda mich deswegen mit einer deutlich erkennbaren Verunsicherung betrachtete.

»Zu viel Kaffee ist ungesund, Vincent.«

Mit einem Grinsen blickte ich sie an, hob dabei betont langsam das Gefäß mit dem dampfenden Wachmacher.

Sie wendete den Blick ab, musste jedoch schmunzeln. Dann goss sie sich ebenfalls noch eine Tasse Kaffee ein, die dritte an diesem Morgen.

»Du wirkst aber auch nicht wirklich ganz ausgeschlafen, Lynda.«

Sie antwortete mit einem Kopfschütteln, trank einen Schluck und stellte die Tasse dann ab. »Ich hatte zu viel im Kopf. Deswegen kam ich einfach nicht zur Ruhe.«

Mit einem leisen Lachen sagte ich: »Willkommen im Club. Mir ging es nicht anders.« Dass auch die Couch ein Grund für meine Schlafprobleme gewesen war, vermied ich absichtlich zu erwähnen. Ich leerte die Tasse, die ohnehin nur noch zu einem Viertel gefüllt gewesen war. »Ich weiß, ich hab dich das gestern schon mal gefragt, aber ...«

50

Lyndas entschuldigendes Lächeln ließ mich verstummen. »Meine Antwort ist und bleibt dieselbe. Ich weiß es nicht, Vincent. Warum Jo-Jo mich dir gegenüber nie erwähnt hat, das bleibt ihr Geheimnis.«

Schweigend nickte ich. »Was aber auch seltsam ist, dass wir uns in den Jahren nie begegnet sind. Meine Besuche endeten ja erst vor knapp zwei Jahren. Und du hast doch acht Jahre für sie gearbeitet.«

Sie sah mich an, nun aber ohne Lächeln. Mit verschränkten Armen lehnte sie sich zurück, den Blick fest auf mich gerichtet. »Willst du damit irgendwas andeuten?« In ihrer Stimme lag ein irgendwie gefährlicher Unterton.

Hastig hob ich beruhigend die Hände, schüttelte den Kopf. »Nein, nur … Es ist halt schon irgendwie seltsam.«

Lyndas Blick war stechend. Sie hatte die Lippen zusammengepresst, und leicht nach vorne geschoben. Fast so, als wenn man gezwungen wäre, jemanden gegen den eigenen Willen zu küssen. Das eigentlich Schlimme jedoch war weniger der Blick oder die abwehrende Haltung, sondern das Schweigen.

»Es tut mir leid, Lynda«, murmelte ich deswegen. »Ich hatte auch gar nicht vor, das anzusprechen. Aber das ist halt etwas, was mich beschäftigt hat.« Beschämt senkte ich den Blick.

Dann vernahm ich ein leises Ausatmen. »Ich weiß nicht, warum Jo-Jo mich nie erwähnt hat. Aber sie hat mich jedes Jahr in den Urlaub geschickt. Immer zur selben Zeit, und immer für fast einen Monat.«

Ich hob den Blick etwas an, betrachtete die junge Frau vorsichtig.

Sie sprach weiter, ohne dabei jedoch in irgendeiner Weise glücklich oder entspannt zu wirken. »Das war jedes Jahr so. Wenn sie von ihrer Reise zurückkam, half ich ihr beim Katalogisieren der mitgebrachten Fundstücke. Anschließend kam dann Jo-Jos Frage, wohin ich verreisen wollte, und danach organisierte sie immer alles für mich.« Nach diesen Worten verstummte Lynda wieder. Sie atmete heftig, starrte immer noch zu mir herüber.

»Nach ihrer Rückkehr ...« Ich erwiderte den Blick der dunklen Augen, allerdings nicht auf dieselbe starrende Weise. »Das war doch immer Mitte Juli?« Als Lynda nickte, nach wie vor mit stechendem Blick, seufzte ich. Ein Lächeln umspielte meine Lippen. »Okay, dann ist das geklärt. Ich hab sie meistens von Ende Juli bis Mitte August besucht. Und da warst du ...«

Nun veränderte sich Lyndas Blick. Er war zwar immer noch etwas stechend, aber nicht mehr ganz so wütend. Sie nickte. »Da war ich im Jahresurlaub, wie sie es nannte. Der steht eigentlich auch bald an ... für dieses Jahr. Ich wollte ...« Sie verstummte für einen Moment. Ihr Blick war nun wieder sanft, und ich sah das Glitzern von Tränen darin. Mit einem sanften Lächeln sagte sie: »Dieses Jahr wollte ich nach Paris. Alles war schon vorbereitet, da meine Wahl schon eine Weile feststeht. Aber nun ... so ganz ohne den üblichen Ablauf ...« Sie schniefte hörbar.

»Wie war der übliche Ablauf denn?«, fragte ich, um sie am Reden zu halten.

Lynda lachte leise, wischte sich dann über die Wangen. »Eine Woche vor der Abreise ging Jo-Jo immer mit mir auf mein Zimmer, um meine Koffer zu überprüfen. Ich musste alles immer in einer bestimmten Reihenfolge einpacken. Unten Jacken und Mäntel, dann Hosen, Pullover,

Hemden und T-Shirts. Unterwäsche in einem gesonderten kleinen Köfferchen, aber trotzdem auch zu den anderen Sachen.«

Ich grinste. »Zuerst das Warme, dann das Bequeme. Alles weitere dann danach. Nur so wird nichts vergessen.«

Lynda nickte, als sie Großtante Jo-Jos Worte erkannte. Dann jedoch wurde sie plötzlich still, starrte wieder vor sich hin.

Unsicher und fragend sah ich sie an. »Hab ich wieder ...«

Sie schüttelte eilig den Kopf. Ihr Blick huschte plötzlich umher, als würde sie etwas suchen. Dann fanden sich unsere Augen, und plötzlich huschte ein Lächeln über Lyndas Gesicht. Sie erhob sich. »Komm, ich muss was nachsehen! Wenn ich Recht habe, dann ist mir vielleicht was zu diesem Hinweis eingefallen, von dem Jo-Jo gesprochen hat.«

Ich lehnte an der Wand neben der offenen Zimmertür. Irgendwie schien mir diese Stelle als die einzig richtige für meine Anwesenheit in Lyndas Zimmer, auch wenn sie mich ja selbst hereingebeten hatte.

Es handelte sich um eines der vier Zimmer im Obergeschoss des Hauses. Und es war obendrein das einzige, von dem aus man direkt auf den weiten Dachboden gelangen konnte. Also, normalerweise. Die Luke, mit der eingebauten Treppe, die sich beim Öffnen von selbst ausklappte, war mir beim Eintreten sofort aufgefallen. Sie stand offen, und Lynda nutzte offenbar die Stufen als Ablagefläche.

Auch sonst war das Zimmer irgendwie chaotisch, aber auf eine angenehme Art.

Das Bett war ordentlich gemacht, und neben dem kleinen Schreibtisch tatsächlich das einzige Möbelstück, auf dem kein komplettes Chaos herrschte. Allerdings wunderte ich mich ein wenig über die Gruppe von sechs Stofftieren, die am Kopfende saßen. Es waren Teddybären in unterschiedlichen Farben und Größen, die irgendwie ziemlich abgegriffen wirkten.

Die weiteren Möbel, eine Zweisitzer-Couch, ein großes Regal voller Ordner und Bücher, zwei Kommoden und ein großer Kleiderschrank, sahen alle irgendwie so aus, als ob jemand sie in aller Eile dekoriert hatte.

An den Schranktüren hingen nicht wenige

Kleiderbügel, zwar nur leere, aber eigentlich gehörten die doch ins Innere des Schranks. Das Regal zeigte keinerlei Zeichen von System, was die Bücher betraf. Einzig die Genres schienen hierbei eine Einschränkung zu bieten – es waren nur zwei: Romantik und Krimi. Von den Ordnern waren kaum welche beschriftet. Einige lagen auf den Regalböden, andere standen. Aber ein System konnte ich nicht mal im Ansatz erkennen.

Bei den Kommoden war ich schon froh, dass sie wenigstens geschlossen waren. Aber obendrauf lagen Beutel, Taschen, und absolut nicht zusammenpassende Dekorationsobjekte.

Nur auf der Couch herrschte noch so etwas ähnliches wie Ordnung, abgesehen von der Tatsache, dass die Kissen weder vom Stil noch von der Farbgebung zueinanderpassten.

Ganz offensichtlich ging es Lynda bei der Einrichtung eines Zimmers mehr um den Zweck, als das Wohlfühlen.

»Ich wusste es«, riss ihre Stimme mich aus der Grübelei, »Oh Gott, Jo-Jo!« Sie schluchzte hörbar.

Langsam und zögernd löste ich mich von

meinem Posten neben der Tür, trat dann zu Lynda, die vor den zwei offenen Koffern kniete. Ich spähte vorsichtig über ihre Schulter. »Was hast du entdeckt?«

Lynda hob den Blick, sah mich an. Sie lächelte, zugleich glücklich und traurig. In ihren Händen hielt sie einen hellbraunen Umschlag. Sie reichte ihn mir. »Der ist an dich, Vincent. Von Jo-Jo.«

Und obwohl ich ihre Worte hörte, starrte ich ungläubig auf den Umschlag. In der Handschrift meiner Großtante geschrieben, stand dort tatsächlich mein Name!

Kapitel 6

unerwartete Enthüllung

etwas später ...

Der Nachmittag war nun vollkommen verplant. Und das nicht in der gestern beschlossenen Form. Allerdings würden die Erinnerungsstücke aus Afrika ja kaum aufstehen und fortgehen. So etwas gab es schließlich nur in Geschichten und Filmen.

Inzwischen hatten Lynda und ich uns auch auf den Weg gemacht, um unsere notwendigen Besorgungen zu erledigen. Und hierbei hatte ich das zweifelhafte Vergnügen, eine vollkommen andere Seite meiner Partnerin zu erleben.

Mit röhrendem Motor entfernten wir uns

vom Haus meiner Großtante, ließen eine staubige Schmutzwolke hinter uns aufsteigen. Die Beschleunigung des Jeeps war zwar moderat, aber Lyndas rasanter Fahrstil brachte mich dennoch dazu, den Sitz des Sicherheitsgurtes zu prüfen, und mich zusätzlich am Armaturenbrett abzustützen.

Der konzentrierte Blick der Frau war ein komplett anderer Anblick, als jeder bisherige. Sie schien alles, was sich auf dem Waldweg und im Unterholz abspielte, gleichzeitig zu erfassen.

»Keine Sorge«, hörte ich sie ruhig sagen, »Die Strecke kenn ich auswendig.« Ein kurzes, vertrauenerweckendes Schmunzeln folgte diesen Worten.

Im nächsten Moment aber machte der Wagen einen Hopser, der uns ordentlich durchrüttelte. Hektisch griff meine rechte Hand zum Haltegriff der über mir war.

Und Lynda lachte herzlich.

Japsend keuchte ich: »Versprich mir bitte, dass die Fahrt bald ruhiger wird!«

»Dann müsste ich aber lügen.« Lynda fuhr einen kurzen Schlenker, wich einem erschreckend tiefen Schlagloch aus. »Aber ich versuch, die meisten Wurzeln und Löcher zu vermeiden.« Wieder schmunzelte sie, dann blickte sie kurz zu mir. »Also, wir bleiben bei der Liste von Jo-Jo? Wegen dem Einkauf, meine ich.« Auf mein kurzes Nicken fragte sie erneut nach den notwendigen Objekten.

Ich atmete aus, blickte nach vorne. »Wir brauchen Lampen und Batterien, Verpflegung. Vielleicht noch Seile zum Klettern und Sichern, und Grabwerkzeuge. Das alles ist Standard bei Schatzsuchen.« Ein kurzes Lächeln wanderte über mein Gesicht.

Das Schreiben in dem Umschlag war unerwartet kurz gewesen. Allerdings hatte Großtante Jo-Jo offenbar die genaue Situation vorausgesehen, und gleich zu Anfang geschrieben, dass ich Lynda dazu holen sollte. Gemeinsam hatten wir dann auf ihrer Couch gesessen, das Schreiben gelesen, und waren gleichermaßen erstaunt gewesen.

Selbst jetzt noch, fast fünf Stunden später, konnte ich es kaum fassen. »Die Hütte im Wald … an die hatte ich lange nicht mehr gedacht.«

»Ich hab davon überhaupt nichts gewusst«, gestand Lynda, »Und ich lebe seit acht Jahren hier. Aber damit haben wir jetzt auch was gemeinsam.« Ich sah sie fragend an, erkannte ihr glückliches Grinsen. »Jo-Jo hat mich all die Jahre dir gegenüber verschwiegen, Vincent. Und ich scheine wiederum das Anwesen gar nicht richtig zu kennen.« Sie schenkte mir ein Lächeln.

Dieses erwidernd erklärte ich, dass die betreffende Hütte ursprünglich kaum mehr war, als ein Unterstand für die Waldarbeiter. Sie war vor mehreren hundert Jahren errichtet worden, als die Holzwirtschaft in der Gegend noch einer der größten Arbeitgeber gewesen war.

»Als Großtante Jo-Jo mir damals davon erzählt hatte, ich war da vielleicht gerade sechs oder sieben Jahre alt, musste ich mir die Hütte unbedingt ansehen. Sie machte dann eine regelrechte Schatzsuche daraus, mit Hinweisen und selbstgemachten Kartenschnipseln.« Die Erinnerung an diese lange zurückliegende Zeit bescherte mir ein wohliges, warmes Empfinden.

Neugierig fragte Lynda. »Also ist das wirklich Jo-Jos Art dir gegenüber gewesen? Rätsel und Abenteuer?« Ich nickte, worauf sie leise lachte. »Mir erschien sie viel bodenständiger. Immer klar und direkt.«

62

»Das konnte sie auch zu mir sein. Aber ich glaube, dass sie mit der Suche nach dem Schatz noch etwas anderes verfolgt.« Ich schmunzelte, als ich Lyndas fragenden Blick sah, den sie mir kurz zuwarf.

Aber meine Gedanken, meine vermutlich zutreffende Erkenntnis, die behielt ich dennoch für mich.

Die Fahrt zur benachbarten Kleinstadt hatte knapp zweieinhalb Stunden gedauert. Die meiste Zeit waren wir durch Waldgebiete gefahren, hatten aber auch Felder und Wiesen passiert. Und ich hatte sogar einen Ausblick auf den Badesee werfen können.

Die Gegend war einfach fantastisch. Sie war naturbelassen, nur wenig besiedelt, und auf eine herrliche Art wild.

Doch nun, in der kleinen Stadt, umgab uns eine mir weit vertrautere Atmosphäre, die ich ebenso genießen konnte.

Lynda steuerte den breiten Wagen geschickt durch den Verkehr, während ich mich kaum schnell genug umschauen konnte, um sämtliche Eindrücke aufnehmen zu können.

Obwohl dies nur eine Kleinstadt war, gelegen inmitten herrlicher Natur, schien sie nach all den Jahren vor Geschäftigkeit nur so überzuquellen. Der Straßenverkehr war zäh, und es gab keine, oder zumindest noch keine Ampelanlagen. Aber dennoch kamen wir voran. Ich sah einige gut besuchte Fast-Food-Restaurants, und mehrere große Einkaufsmärkte, die jedoch nur überraschend wenig Kundschaft hatten. Die meisten Einwohner schienen den kleineren Geschäften den Vorzug zu geben. Hier und da erblickte ich Baustellen, wo neue Gebäude errichtet werden würden.

Alles in allem war diese Kleinstadt wohl auf dem Weg zu einer neuen Bezeichnung.

Endlich fuhr Lynda auf einen großen Parkplatz, wo uns ein Mann in neongelber Warnweste auf einen freien Stellplatz dirigierte. Beim Aussteigen ließ ich meinen Blick schweifen, und stutzte.

»Hier ist doch aber weit und breit kein Supermarkt«, stellte ich fest.

Das Lachen meiner Begleitung lenkte meine Aufmerksamkeit auf sie. »Typisch Stadtmensch. Was willst du mit einem Supermarkt? Wir finden doch alles, was wir suchen, in den kleinen Geschäften.« Sie musterte mich. »Oder hast du etwas gegen ein bisschen Laufen?«

Meine Antwort, ein konsequentes »Natürlich nicht«, entlockte ihr ein schelmisches Kichern.

Mit einem frechen Grinsen, und für mich sogar ein wenig überraschend, fasste Lynda meine Hand. Dann machten wir uns auf den Weg, und ich war gespannt, welche Art von Läden wir aufsuchen würden ...

Tatsächlich hatte Lynda Recht behalten. Die Geschäfte, die wir auf der Einkaufstour besucht hatten, waren gut ausgestattet, so dass wir schnell alles Notwendige zusammen gehabt hatten. Und es hatte auch gar nicht lange gedauert.

Trotzdem war ich bei der Rückkehr zum Wagen ziemlich erschöpft. Dies lag jedoch nicht an den Einkäufen, sondern an den Gesprächen, die sich dabei ergeben hatten.

In fast jedem der Geschäfte hatte man mich erkannt, obwohl ich schon seit Jahren nicht mehr hier gewesen war. Und es hatte Kondolenzbezeugungen gegeben, tröstende

Worte, die Zusicherung von notwendiger Hilfe. Ich war sogar einige Male umarmt worden.

Einerseits war all das ja schön gewesen, aber gleichzeitig eben auch irgendwie unangenehm.

»Großtante Jo-Jo war echt sehr beliebt hier«, murmelte ich, während wir über den Parkplatz gingen.

Lynda schwieg, gab nur ein zustimmendes Brummen von sich. Wahrscheinlich war auch sie von all der Zuwendung immer noch überwältigt.

Doch als ich zu ihr blickte, war ich überrascht.

Sie zeigte wieder diesen Blick, war völlig konzentriert. Aber sie sah nicht mich an, sondern starrte eher aufgebracht in Richtung ihres Wagens.

Als ich dorthin blickte, sah ich einen Mann, der am Fahrzeug lehnte. Er trug lässige Kleidung, die jedoch auch auf eine merkwürdige Art geschäftlich-modern wirkte.

»Wer ist das?«, fragte ich halblaut.

Anstatt mir zu antworten, beschleunigte Lynda plötzlich ihre Schritte. Sie überbrückte die Entfernung beinahe joggend.

Der Mann grinste, und löste sich vom Wagen. Er breitete die Arme aus, und fing sich eine klatschende Ohrfeige ein.

»Du sollst mich in Ruhe lassen, Steve« Lyndas Worte zeigten deutlich ihre Abneigung. »Und jetzt verschwinde!«

Vorsichtig näherte ich mich dem Geschehen.

Der Mann namens Steve rieb sich die Wange, zeigte aber immer noch ein unübersehbares Grinsen. »Komm schon, Lynda. Mach nicht so ein Theater! Du weißt, dass du mit dem Haus Hilfe brauchst.«

»Haus?«, fragte ich halblaut.

Nun erst schien der Mann meine Gegenwart zu bemerken. Er sah mich abschätzend an. »Und du bist?«

Lynda reagierte zuerst. »Das ist Vincent. Und das Haus gehört ihm.« In ihrer Stimme klang so etwas wie Schadenfreude mit. »Du kannst also endlich aufhören, bei mir zu betteln, Steve. Und jetzt ...« Sie öffnete den Kofferraum des Geländewagens. »Geh endlich!«

Mein Blick sprang zwischen den beiden hin und her. Während Lynda nun irgendwie zufrieden wirkte, fast schon glücklich, schien diesem Steve die Entwicklung gar nicht zu gefallen.

Er starrte mich mit einer klar sichtbaren Wut an. Ich erkannte, dass er die Hände zu Fäusten ballte, sah das Zucken seiner Kiefermuskeln. Doch schließlich drehte er sich um, und stapfte davon.

Ich blickte ihm hinterher, bemerkte dabei eher nebenher, dass Lynda unsere Einkäufe im Wagen verstaute. Als sie die Klappe schloss, weckte mich der dumpfe Klang aus meiner Starre.

»Wer war das?«, fragte ich leise.

Lynda stieß lediglich Luft aus, stieg dann in den Wagen. Ich tat es ihr gleich, verwirrt durch dieses sonderbare Zusammentreffen.

Aber irgendwie ahnte ich, dass ich nichts weiter erfahren würde. Zumindest vorerst.

das Geheimnis der Hütte

Wir waren erst ein paar Kilometer weit gefahren, vielleicht eine halbe Stunde lang, als Lynda den Wagen an den Straßenrand steuerte. Die Stadt hatten wir bereits hinter uns gelassen, standen nun an der Seite der Landstraße, in einer Ausweichnische.

Lynda schaltete den Motor aus, lehnte sich zurück und atmete tief durch.

Leise, fast nur geflüstert, sagte sie schließlich: »Tut mir leid, dass ich so ausgerastet bin.« Sie sah kurz zu mir, dann wieder nach vorne. »Steve ... Da ist noch so viel ... so viel Wut in mir! Ihn nur zu sehen regt mich schon auf.«

»Das hab ich bemerkt«, gab ich ruhig zurück,

»Ihr wart wohl mal zusammen, oder?«

Lynda nickte, schloss dann die Augen. Tränen blitzten unter ihren Lidern hervor. »Er ist ein Arsch. Ein Dieb! Als wir zusammen waren, da ist immer wieder Zeug von mir im Haus verschwunden. Erst dachte ich ja, dass ich es nur verlegt hatte. Aber dann hat Jo-Jo mich angesprochen, dass eine ihrer Broschen weg war.« Schniefend senkte sie den Blick, schaute auf ihre zitternden Hände. »Ich habe Steve dann damit konfrontiert, und er ... Er hat nur gegrinst! Da wusste ich es.«

Ungläubig sah ich die Frau an. Dieses Geständnis erschreckte mich, aber gleichzeitig verstand ich nun auch ihr offensives Verhalten gegenüber dem Mann.

Sanft legte ich meine Hand an ihre Schulter. »Nun, ich denke mal, dass er deine Botschaft verstanden hat. Und ich lasse auf keinen Fall zu, dass er nochmal in das Haus kommt.«

Lynda sah mich an, in ihrem Blick lagen Dankbarkeit und Hoffnung.

»Du hast mein Wort, Lynda. Wer in das Haus ziehen wird, das bestimmen wir zusammen.« Ich ließ dem Versprechen ein Lächeln folgen, welches Lynda ebenso erwiderte.

Sie atmete aus, war merklich erleichtert. »Dann sollten wir wohl mal weiterfahren.« Sie schniefte, wischte sich die Tränen fort. »Da wartet immerhin eine Hütte auf uns. Und ein Schatz.«

Die abendliche Waldluft wirkte belebend. Das leise Knarren der Bäume, das Rascheln kleiner Tiere im Unterholz, und das Geräusch unserer Schritte auf dem weichen Boden waren unsere Begleiter.

Wir waren, nach einer kurzen Pause im Haus, mit dem Wagen in den Wald gefahren. Trotz der fortgeschrittenen Tageszeit hatten Lynda und ich einfach nicht mehr länger warten wollen.

Ein breiter Waldweg führte vom Hof des Hauses in das weitläufige Gehölz. Dieser war nicht mal entfernt mit der Strecke vergleichbar, die vom Haus in Richtung der Stadt führte. Unzählige Wurzeln und Schlaglöcher rüttelten den Wagen durch, und zwangen uns zu einem geradezu lächerlich niedrigen Tempo. Aber trotzdem hofften wir, dass der Waldweg wenigstens bis zur Hütte führen würde. Und wir hatten auch ein ordentliches Stück des Weges bewältigen können, bis ein umgestürzter Baum die Fahrt beendet hatte.

Mit einem fast schon erleichterten Seufzen hatte ich mir den Rucksack aufgeschnallt, und wir hatten den Weg zu Fuß fortgesetzt. Plaudernd und mit wachsender Neugier auf das, was uns an unserem Ziel erwarten würde.

Und schließlich erreichten wir die kleine Lichtung, auf der die Hütte errichtet worden war. Der Anblick des kleinen Gebäudes, welches inmitten der Schatten der hohen, im Abendlicht schimmernden Bäume auf der Lichtung stand, war einfach wunderschön.

Mit einem glücklichen Lächeln betrachtete ich die einstöckige Holzkonstruktion. Sie sah immer noch so aus, wie ich sie in Erinnerung hatte. Eine simple Hütte mit dunklen Wänden aus Holzplatten, und kleinen, vergitterten Fenstern. Gedeckt war das Ganze mit einem flachen Schrägdach aus lackierten Holzplatten.

»Ist das hübsch hier«, hörte ich Lynda begeistert sagen, »Wie konnte mir das nur all die Jahre entgehen? Das ist der ideale Ort für einen Picknickausflug!«

Ich nickte zustimmend. »Ja, das waren damals wirklich schöne Nachmittage.« Für einen Moment schwieg ich, dachte an früher. Dann nickte ich zuversichtlich. »Komm, lass uns anfangen.« Langsam ging ich auf die in dunklem Blau gestrichene Tür zu.

Nachdem ich sie geöffnet hatte holte ich eine Taschenlampe hervor. Drinnen war es zwar nicht wirklich dunkel, aber das durch die Fenster einfallende Dämmerlicht genügte kaum, um wirklich etwas zu erkennen. Und elektrisches Licht gab es hier verständlicher Weise nicht.

Der Boden der Hütte war von Staub bedeckt, ebenso wie der kleine runde Tisch, und die drei Klappstühle. Viel mehr war hier nicht zu sehen.

Ich ließ den Lichtstrahl umherwandern, beleuchtete die schmucklosen Wände, und die paar Möbel.

»Okay«, murmelte ich grübelnd, als ich mich umsah, »Wonach suchen wir nun also?« Kurz blickte ich zu Lynda, die sich ebenfalls umschaute.

Auch sie hatte ihre Taschenlampe eingeschaltet. Aber ihr ging es ebenso wie mir, und die Ratlosigkeit war ihr anzusehen.

»Du bist der Experte«, gab sie mit einem raschen Schulterzucken zurück. Dann sah sie mich fragend an.

Ich grübelte. »Es muss hier irgendeinen Hinweis geben. Großtante Jo-Jo hat die Hütte nicht ohne Grund erwähnt. Also sollten wir uns alles genau ansehen.«

Lynda folgte dem Strahl ihrer Lampe, den sie langsam umherstreifen ließ. »Ist hier denn irgendwas anders als damals?«

»Ich weiß nicht. Bin schon so lange nicht hier gewesen.« Unsicher schaute ich umher, kratzte mich am Hinterkopf. »Da kann sich einiges verändert haben.« Angestrengt bemühte ich mich, Erinnerungen wachzurufen, an die ich so lange nicht gedacht hatte.

»Setz dich hin und mach die Augen zu«, riet Lynda, »Konzentrier dich, und versuche alles zu beschreiben, woran du dich erinnerst.«

Mit einem unsicheren Gefühl ging ich zur Wand, setzte mich dort auf den Boden. Das Holz war hart, warm, und gab einen sanften Waldgeruch ab. Ich schloss die Augen, atmete ruhig und gleichmäßig.

Meine Mundwinkel zuckten, als ich an die

damaligen Zeiten dachte.

Die Ausflüge zur Hütte, manchmal mit meinen Eltern, aber viel öfter mit meiner Großtante, waren immer so wunderbar gewesen. Wir hatten Spaß gehabt, gegrillt, und ich hatte stets viel getobt.

Unsere spannenden Spiele, vor allem die mit Großtante Jo-Jo, hatten zumeist draußen stattgefunden. Fast immer hatten wir so getan, als wären wir Entdecker gewesen. Und die Hütte war ein antiker Tempel, dessen im Untergrund verborgene Geheimnisse nur wir zwei hatten ergründen können.

Plötzlich atmete ich hörbar ein. Ich öffnete die Augen, sah Lynda mit einem Grinsen an.

Schnell stand ich auf. »Komm mit! Ich denke, ich weiß, wo wir hin müssen.«

Lynda strahlte mich aufgeregt und sichtbar gespannt an. Sie nickte, fasste meine Hand.

Wir verließen die Hütte. Ich sah mich kurz um, ging dann mit schnellen Schritten um die Hütte herum.

Als wir die Rückseite erreichten, hämmerte mein Herz vor Aufregung. Mein Blick lag auf der schräg in den Boden eingelassenen Luke, die in den Keller der Hütte führte.

Das Holz war dunkel, an einigen Stellen mit Moos bewachsen. Dennoch schimmerte es leicht im Mix aus Licht und Schatten. Aber noch deutlicher reflektierte das massive Schloss das auftreffende Licht.

»Da unten?«, hörte ich Lyndas zögerliche Stimme. Sie klang irgendwie unsicher.

Ich nickte. »Etwas anderes macht keinen Sinn. Der Schatz kann nur dort unten sein.«

Sie trat an die Kellerluke heran, hockte sich hin. Grübelnd blickte sie auf das Schloss. Vorsichtig hob sie es an, betrachtete es eingehend. Dann schaute sie verwirrt zu mir.

Neugierig trat ich näher, blickte ebenfalls auf das Schloss. Sofort erkannte ich, was Lynda so verwirrte.

»Meine Güte. Das ist ja ein Rätselschloss?!«, sagte ich freudig überrascht.

»Ein Rätsel?«, fragte Lynda ungläubig.

Ich nickte. »Ja. Es hat weder Schlüssel, noch Zahlen. Eine Spielerei, die Tante Jo-Jo mal von einer ihrer Reisen mitgebracht hat. Man braucht eine bestimmte Kombination, um es zu öffnen.« Ich hockte mich neben die Frau, griff nach dem kunstvollen metallenen Block, der uns den Zugang versperrte.

Lynda erhob sich, trat einen Schritt zurück. »Eine Kombination? Wie meinst du das?«

Ich hob kurz den Blick. Lynda sah mich auf eine Art an, die so voller Fragen und Unsicherheit war, dass es mir irgendwie die Sprache verschlug.

Deshalb schwieg ich, senkte den Blick wieder und wendete mich dem Schloss zu.

Ich drehte es langsam, betrachtete es eingehend. In meinem Kopf formten sich Bilder. Es waren Erinnerungen an meine Großtante, die mich immer wieder ein bestimmtes Gedicht hatte aufsagen lassen, bis ich es beherrscht hatte. Und an die Handbewegungen, die sie mir als Gedächtnisstütze beigebracht hatte.

»Vielleicht ...« Ich ließ meine Finger über das Metall wandern, tastete es vorsichtig ab. Und plötzlich bemerkte ich etwas.

Da war ein kleiner Druckpunkt, knapp neben dem Verschlussbügel. Und mehrere leicht bewegliche Stellen waren ebenfalls zu ertasten.

Vorsichtig betätigte ich den Druckpunkt. Ein leichtes Vibrieren wurde spürbar, das Zeichen, dass der Mechanismus sich aktiviert hatte! Rasch berührte ich verschiedene Stellen des Schlosses, schob einige hin und her, presste andere. Meine Handbewegungen waren fließend, rasch und routiniert. Im Geiste murmelte ich nebenher die Verse des Gedichts vor mich hin.

Es dauerte ein paar Minuten, dann erklang das hörbare Klicken. Der Bügel öffnete sich.

Zufrieden grinsend nahm ich den Metallblock an mich. Dann sah ich zu Lynda, die mich und das Schloss erstaunt anblickte.

»Auf Anhieb?«, fragte sie.

Ich erhob mich. »Diese spezielle Kombination hatte Großtante Jo-Jo mich damals stundenlang üben lassen. Es ist dieselbe geblieben. Ich vermute«, sagte ich mit einem angenehmen Glücksgefühl, meinen Blick zufrieden auf das Schloss richtend, »sie wollte einfach sichergehen. Nur ich sollte es öffnen können.«

Ich sah wieder zu Lynda, die nun jedoch auf die Kellerluke schaute. Sie biss sich auf die Lippen.

Nickend packte ich den Verschluss der hölzernen Klappe, und öffnete sie …

erschreckende Erkenntnis

Meine eben noch so aufgeregte Neugier wich langsam einem weitaus intensiveren Empfinden, bestehend aus Unsicherheit und Ekel. Dabei standen wir immer noch am oberen Ende der Treppe, blickten lediglich von hier in den Keller hinab. Die abgestandene, stickige Luft schlug uns aber jetzt schon entgegen.

Der Strahl der Taschenlampe reichte dabei nicht einmal bis zum Fuß der Treppe hinab. Den vorderen Teil der unheimlichen Dunkelheit, des aus Lehm und Holzbalken bestehenden Gewölbes, verbarg etwas vor unserem Blick.

Etwas, dessen Anblick nicht nur mich zum

Zögern veranlasste.

Spinnennetze!

Staubig, dick und leider beängstigend groß, verbanden die niedrige Decke und die Wände miteinander. Die Erbauer dieser Kunstwerke konnte ich nicht sehen. Aber ein wirkliches Verlangen hatte ich danach auch nicht.

Lynda atmete nur flach. Sie war neben mich getreten, hielt sich ein Tuch vor Mund und Nase. Ihr Blick zeigte, dass sie schon gern hinabgehen wollte, aber gleichzeitig war darin auch ihr Zögern zu erkennen. Und wahrscheinlich wurde es auch bei ihr durch den Anblick des Spinnengewebes ausgelöst.

»Muss das jetzt sein?« Ich blickte die Treppe hinab. Es waren dreizehn Stufen, die Oberste nicht mitgezählt. Die untersten vier konnte ich durch die Vorhänge aus Spinnweben jedoch wie gesagt nicht sehen.

Eine Hand berührte meine Schulter. Lyndas Worte waren ermutigend: »Wir schaffen das schon, Vincent. Lass uns Jo-Jo nicht enttäuschen, okay?« Obwohl sie immer noch das Tuch vor dem Gesicht hatte, erkannte ich am Blitzen ihrer Augen, dass sie mich ermutigend anlächelte.

Ich seufzte, blickte erneut hinab. Die Spinnweben bewegten sich leicht im Wind.

»Ach, was solls.« Ich nickte, ging dann langsam die Treppe hinab.

Stufe für Stufe näherte ich mich dem blassen, staubig-schmutzigen Vorhang aus Spinnenseide. Ich streckte langsam die Hand aus, sammelte meinen Mut, und wischte dann durch das einem dreckigen Tuch gleichenden Gewebe. Diese Handlung kannte ich aus unzähligen Filmen und Büchern. Aber es selbst zu tun, das war etwas ganz anderes – und es fühlte sich völlig anders an, als man sich vorstellte.

Das Gemisch aus Spinnenseide, Staub, und den Überresten von Insekten, klebte zäh an meiner Hand. Ich zog sie an der Wand entlang, um zumindest einen Teil des widerlichen Mix aus Schmutz, Zeit und Tod loszuwerden.

Dann sah ich mich um, und gab ein unterdrücktes, ächzendes Jammern von mir. Der komplette Keller schien ein Versammlungsort sämtlicher lokaler Arachniden zu sein.

Von fast jedem Balken hingen Spinnweben, die sich zu den Wänden, manchmal sogar bis zum Boden herab erstreckten. Auch die kleineren Regale glichen eher Boxen aus schmutziger Spinnenseide.

Ein gedämpftes »Iiieh« erklang neben mir.

Hastig blickte ich zu Lynda, deren vorhin noch so enthusiastischer Blick nun doch eine mangelnde Begeisterung für das Erkunden des Kellers zeigte. Sie sah mich unsicher an.

Mit einem Schulterzucken ließ ich den Lichtstrahl durch den Raum wandern. Viel mehr als Lehm, Holz, einigen Regalen und eben unzähligen Spinnweben, war wirklich nicht zu sehen. Allerdings vermutete ich, dass sich hier sehr wohl irgendein Geheimnis verbergen musste.

Ich blickte auf meine Hand, an der immer noch Reste von Spinnengewebe und Staub klebten. Den Ekel von dem weich-klebrigen Gefühl konnte ich immer noch spüren.

Mit einem kurzen Seitenblick zu Lynda sagte ich: »Wir werden nachher beide eine Dusche brauchen. Oder vielleicht besser ein ordentliches Schaumbad.« Ihr Blick, erst auf mich gerichtet, dann angeekelt in das kleine Kellergewölbe, ließ mich grinsen. »Denk an das Abenteuer, Lynda! Und an Jo-Jos Stolz.«

Sie seufzte lang, reichte mir dann ihre Taschenlampe. Mit geschickten Fingern verknotete sie das Tuch an ihrem Hinterkopf, nickte mir dann zu. Ich reichte ihr die Lampe zurück, und mit entschlossenem Blick ging sie in den niedrigen Raum.

Als ich mich noch einmal zum oberen Ende der Treppe umschaute, um mir einen Eindruck des abendlichen Himmels als Motivation zu holen, stutzte ich. Es musste wohl an dem Mix aus Hell und Dunkel gelegen haben, aber mir war, als hätte ich einen Schatten gesehen.

Für ein paar Sekunden blickte ich hinaus, sah dabei aber nichts weiter als sanftes, langsam dunkler werdendes Azurblau. Und sich leicht im Wind bewegende, zitternde Baumwipfel.

Ich schüttelte den Kopf. Bestimmt war es nur eine Täuschung gewesen, ausgelöst durch das Spiel von Licht und Schatten, verstärkt durch die muffige Luft hier unten.

Mit einem zunehmenden Empfinden von Aufregung und Freude, einfach nur wegen dieser Schatzsuche, wendete ich mich um, und betrat den niedrigen Keller.

Mein Blick folgte dem Strahl meiner

Taschenlampe, der wie eine Messerklinge durch die staubverschmutzte Luft des Kellergewölbes schnitt. Zuverlässig enthüllte das Licht dunkle Winkel und Ecken. Dazu mischte sich das scharfe Knirschen von kleinen Steinen unter meinen Füßen, und das leise Wummern in meiner Brust.

All das löste in mir ein Gefühl fast schon kindlicher Freude aus. Ich erinnerte mich so lebhaft an die Zeit, die ich hier unten mit meiner Großtante verbracht hatte. An die gespielten Schatzsuchen, und all die spannenden Rätsel, die damit verbunden gewesen waren. Und fast glaubte ich, ihre Stimme zu hören, die meinen Namen rief.

»Vincent?«

Ich schmunzelte.

»Vincent! Hier ist eine Tür.«

Überrascht sah ich mich um. Ein Lichtstrahl traf mich. Das herrliche Gefühl der durchlebten Erinnerungen schwand, und ich erkannte, dass es Lynda war, die mich gerufen hatte.

Schnell ging ich zu ihr, wich einigen Spinnweben aus, riss ein paar andere hastig auseinander.

Der Strahl von Lyndas Taschenlampe war

wie ein Leuchtfeuer, welches mir den Weg wies. Als ich sie erreichte, änderte sie die Ausrichtung des Strahls, richtete ihn auf eine in die Wand eingelassene Stahltür.

Diese war massiv, und wirkte noch viel zu neu, abgesehen von Schmutz und Spinnweben. Selbst das dunkle Blaugrün der Lackierung wirkte im Licht unserer Taschenlampen fast noch frisch. Um die Tür herum erkannte ich eingesetzte Ziegel, die den Rahmen hielten.

»Das ... das muss es sein«, wisperte ich aufgeregt, während mein Puls sich merklich beschleunigte.

Die Tür hatte kein richtiges Schloss, nicht mal eine Klinke. Aber ein breites Kabel führte zu einem Kasten, der neben dem Türrahmen auf dem Boden stand.

»Noch so ein Rätsel?«, vermutete Lynda, »Kannst du das knacken?«

Gerade wollte ich erwidern, dass ich es erst ansehen musste, um diese Frage zu beantworten. Doch plötzlich erstarrten wir beide, atmeten erschrocken ein.

Denn eine andere Stimme erklang, fies und gierig. »Ja. Kannst du, Vincent?« Das Geräusch von knirschenden Schritten kam näher. Ein Lichtschein hinter uns ließ uns Schatten werfen.

Neben mir hörte ich Lynda halb atemlos einen Namen flüstern. »Steve?!«

»Natürlich«, lachte er gehässig, »Das bisschen Drohen hält mich doch nicht auf. Da solltest du mich eigentlich besser kennen, Lynda.«

Ich drehte mich um, hob eine Hand vor meine Augen, um das blendende Licht abzuschirmen. Meine Taschenlampe bewegend offenbarte sich uns der ungebetene Besucher.

Steve stand lässig vor uns, trug nach wie vor die leger-geschäftliche Kleidung. Dazu jedoch eine Motorradjacke aus abgetragenem Kunstleder. In der einen Hand hielt er eine lange Taschenlampe, in der anderen ein metallisch schimmerndes, längliches Objekt – einen bedrohlich massiven Schraubenschlüssel.

»Was willst du hier?«, fragte ich aufgebracht.

Er sah sich kurz um, ohne dabei jedoch das Licht von uns weg zu bewegen. »Ach, ich wollte eigentlich nur noch einmal nachfragen, wann ich nun einziehen soll.« Dann sah er uns wieder an, hatte ein gieriges Funkeln in den Augen. »Dass hier aber ein Schatz sein soll, das ändert jetzt natürlich meine Pläne.«

Erschrocken sahen wir ihn an.

»Verdammt!« Mir fiel der Schatten ein, den ich vorher als Täuschung abgetan hatte.

»Ja, ihr hättet wohl leiser reden sollen.« Das Grinsen des Mannes war fies, und von Hass durchsetzt. »Der Ort hier ist wirklich ziemlich abgelegen. Da bietet sich doch glatt ein kleines Denkmal an. Ein oder zwei Grabsteine, zum Beispiel.«

»Das ... das ist nicht dein Ernst«, keuchte Lynda. Sie wich einen Schritt zurück.

»Tja«, begann er wie beiläufig, »Wer mich nicht als Mitbewohner will, der bekommt eben was anderes. Das hättest du bei deiner Entscheidung bedenken sollen, Lynda.«

In mir wuchs eine klare Erkenntnis. Dieser Steve war tatsächlich ein Mistkerl! Aber das, was er hier so locker von sich gab, übertraf Lyndas Erzählung auf eine schockierende Weise. Und es weckte meine Wut.

Mit einem zornigen Schrei sprang ich los ...

Kapitel 9

Entscheidung

Mein Angriff war überraschend erfolgt, sogar für mich selbst. Ich hatte in meinem bisherigen Leben noch niemals einen Kampf eröffnet, höchstens mal welche beendet. Aber dabei war ich immer darum bemüht gewesen, körperliche Konfrontationen zu vermeiden.

Diesmal jedoch hatte ich nicht gezögert!

Die unverblümten Worte dieses Mannes ließen keine Zweifel an der Notwendigkeit zu handeln zu.

Mit meinem ganzen Gewicht rammte ich gegen Steves Körper. Er war so überrascht gewesen, dass er nicht reagiert hatte, bis es zu spät gewesen war.

In dem Moment als ich mit ihm kollidierte, und ihn zurückdrängte, hatte ich das metallene Klappern gehört. Um uns herum war es augenblicklich dunkler geworden. Sowohl meine, als auch seine Taschenlampe waren zu Boden gefallen. Und zum Glück auch der Schraubenschlüssel.

Ich schob unseren ungebetenen Gast durch die Dunkelheit, bis irgendetwas Festes unseren Weg blockierte.

Dann traf ein heftiger Hieb meinen Rücken, und ich sackte atemlos zu Boden. Der spitze Schrei von Lynda holte mich aber schnell wieder aus der beginnenden Dunkelheit, die mich erfasst hatte.

Instinktiv rollte ich mich zur Seite weg, nur Millisekunden bevor ein hartes Stampfen neben mir erklang. Doch dem nächsten Angriff, einem schmerzhaften Tritt gegen meine Seite, entging ich dann nicht. Der Schmerz raste nur so durch meinen Körper, und ich sah Sterne aufblitzen.

»Du ... Du Drecksack!«, hörte ich Steves zornige Stimme, »Das büßt du! Und deine Schlampe auch.« Erneut traf mich ein Tritt, hob mich kurz an. Zitternd lag ich am Boden, würgte und spuckte Blut.

Leises Jammern drang an meine Ohren, in denen ich das Rauschen und Pulsen meines Blutes vernahm. Zuerst glaubte ich, es wäre meine eigene Stimme. Aber dann erkannte ich, dass es Lynda war.

Gegen die Tränen anblinzelnd starrte ich umher. In meinem Kopf drehte sich alles, mir war hundeelend. Aber ich musste wissen, was geschah.

Anfangs noch unkoordiniert, und wie von einem dunklen Nebel umwabert, lenkte ich meinen Blick durch das Kellergewölbe. *»Wo ... wo ist sie?«*

Ein Schatten geriet in mein Sichtfeld. Er entfernte sich langsam von mir, näherte sich einer Lichtquelle. Und aus dieser Richtung kam auch Lyndas leises Jammern.

Ich sah eine rasche Bewegung, dann ruckelte der Schatten kurz. Eine männliche Stimme, gedämpft und seltsam hohl, forderte: »Jetzt mach diese Scheiß-Tür auf!«

Lyndas Stimme, bebend und ängstlich, erwiderte: »Ich weiß nicht, wie! Lass mich los,

Steve, bitte!« Etwas schob sich an dem Schatten zur Seite, wie ein Auswuchs. Lange dunkle Haare flatterten im Licht einer Taschenlampe.

Der Schatten holte aus, ein hartes Klatschen erklang. »Dann streng dich halt an, verdammt!«

In meinem Kopf schien etwas zu summen, ausgelöst durch die zornigen Worte.

Eine Stimme erklang, wiederholte die wütenden Worte. Aber sie war viel freundlicher, sprach deutlich sanfter und herrlich vertraut. Ich wusste genau, wer es war.

»*Dann streng dich an. Du schaffst das, Vincent. Ich glaube an dich.*« Das Schmunzeln meiner Großtante erschien vor meinem geistigen Auge.

Ein sehnsüchtiges Lächeln legte sich spürbar auf mein Gesicht. Zwar wusste ich, dass all dies nur eine Erinnerung war. Aber es waren Worte, die genau jetzt so viel in mir bewegten.

»*Enttäusche mich jetzt nicht, mein Vincent. Du weißt, dem eigenen Partner muss man immer beistehen. Du darfst sie und mich nicht enttäuschen, sonst war all euer aufgebautes Vertrauen nur eine Illusion.*« Sie hatte mich damals so ernst angesehen, aber dann auch wieder gelächelt.

Ich biss die Zähne zusammen, schloss für einen Moment die Augen, und atmete keuchend durch. Großtante Jo-Jo hatte Recht. Ich durfte jetzt einfach nicht aufgeben!

Trotz des schmerzhaften Stechens, das meinen Körper durchzog, stemmte ich mich hoch. Ich stützte mich an einem Regal ab, um aufrecht zu bleiben. Das Gefühl von Spinnweben an meiner Hand war mir in dem Augenblick egal. Alles was gerade wichtig war, war Stabilität. Und meine Partnerin!

»Lass sie in Ruhe, du Schwein!« Allein das Sprechen bewirkte ein unangenehmes Summen in meinem Kopf.

Ich sah den stehenden Schatten, der sich von dem anderen wegdrehte, der nun am Boden kauerte.

Dann wurde der erste Schatten größer, und zwar rasch. Er kam auf mich zu, holte aus.

Hastig duckte ich mich, war aber nicht schnell genug. Ein Hieb traf mein Kinn, und wieder flammten Sterne auf. Dann lag ich am Boden.

Etwas Schweres ließ sich auf meiner Brust nieder. Hände legten sich um meinen Hals, drückten jedoch nicht zu.

»Okay, Lynda«, hörte ich das hämische Keuchen des Mannes, »Jetzt ist es deine Entscheidung! Entweder du öffnest diese Tür, oder er hier ist dran.«

Mich durchfuhr ein eisiger Schauder. Der Typ meinte es wirklich ernst, das konnte man an seiner Stimme erkennen. Und ich war wehrlos und unbewaffnet.

Irgendwo, jenseits des Rauschens und Wummerns in meinen Ohren, hörte ich Lynda weinen. Sie schluchzte in Panik.

Ächzend, mit dem Geschmack von Blut im Mund, sagte ich: »Sie ... weiß nicht, wie ...«

»Ihr Pech«, unterbrach mich Steve, »und deins!«

Ich fühlte den Druck seiner Hände, die sich um meinen Hals schlossen. Verzweifelt rang ich nach Luft, versuchte sie in meine Lungen zu saugen, aber es ging nicht. Meine Sicht verdunkelte sich, während ich wie wild um mich schlug.

Dann traf ich unerwartet etwas Hartes. Meine Hand schmerzte, ich fühlte ein brennendes Reißen, das durch meinen Unterarm raste. Aber im selben Moment strömte auch wieder der stickige, muffige Sauerstoff in meine Lungen, die ich gierig einsaugte.

Steves zornige Stimme brüllte: »Arschloch! Ich bring dich ...« Dann erklang ein dumpfer, und irgendwie trockener Laut, gefolgt von einem schweren Poltern.

Das eben noch sichtbare Licht flackerte. Dann schien die Finsternis plötzlich allgegenwärtig zu sein. Nur von irgendwo über mir gelangte das immer schwächer werdende Tageslicht in den Keller herein.

Heftiges Schniefen drang an meine Ohren, vermischt mit einem leisen Wimmern. Leises Scharren folgte, dann berührte jemand vorsichtig meine Beine.

»Alles okay, Vincent?«, hörte ich Lyndas leise, bebende Stimme. Sie atmete so hektisch, dass ich mir Sorgen machte.

»Ja, was ... was ist da gerade passiert?«, fragte ich unsicher, mit kratzender Stimme. Meine Augen huschten umher, aber alles, was ich sah, war der langhaarige Schatten von Lyndas Kopf, der nun neben mir erschien. Im nur schwachen Licht sah ich ihre Tränen, und ihr besorgtes Lächeln.

»Es ist jetzt okay«, sagte sie leise, »Nur eins noch, dann kümmer ich mich um dich, Partner.« Mit zitternden Händen holte Lynda ihr Handy hervor, wählte dann den Notruf.

Und ich, ich lag einfach nur da, fühlte ihre Hand, die sanft auf meiner Brust lag. Lächelnd blickte ich zu der Frau auf die, mit ihrer entschlossenen Handlung, wohl unsere beiden Leben gerettet hatte.

Die Polizei und der Rettungswagen waren überraschend schnell vor Ort gewesen. Offensichtlich hatte es noch eine weitere Straße gegeben, die zu der Hütte geführt hatte.

Während die Sanitäter mich und Lynda versorgt hatten, hatten ein paar Beamte den gefesselten Steve abgeführt. Lyndas und meine Aussage, über sein Vorhaben, seine Worte und das Geschehen, sowie die Tatsache, dass er sich unerlaubt auf meinem Besitz befand, waren Grund genug für eine Festnahme gewesen.

Ein paar Sanitäter hatten mir aufgeholfen und mich gestützt, als sie mich aus dem Kellergewölbe gebracht hatten. Steves Tritte hatten einige Verletzungen in meinem

Oberkörper verursacht, die dringend behandelt werden mussten. Und dann war da noch mein Arm, der tatsächlich angebrochen war. Dies wohl obendrein aufgrund meines eigenen Schlages, mit dem ich aber immerhin Steve von mir heruntergezwungen hatte.

Lynda, die ebenfalls ins Krankenhaus mitkam, war in weitaus besserer Verfassung gewesen. Dennoch hatte sie darauf bestanden, mich zu begleiten.

Bevor die Hecktür des Krankenwagens sich schloss, hatte ich noch einen Blick zur Hütte geworfen. Nun lag sie im Dunkel des fortschreitenden Abends, nur durch das Licht des Mondes schwach beleuchtet.

Die Polizei hatte, auf meinen und Lyndas Wunsch, ein neues, großes Schloss an der Kellerluke angebracht, das im sanften Mondlicht auf eine geradezu lockende Weise schimmerte.

Und ich wusste, dass Großtante Jo-Jos Schatz geduldig auf unsere gemeinsame Rückkehr warten würde ...

—

Kapitel 10

der wahre Schatz

drei Monate später ...

Gelangweilt blies ich Luft aus, ließ meine Lippen dabei locker, so dass sie mit einem lustigen »pffrrt« flatterten. Meinen Blick auf die große Tür gerichtet, die in den Ausstellungsraum des Museums führte, legte ich den Kopf auf die Seite. Gleichzeitig durchzog ein plötzliches Stechen meinen linken Arm, ließ mich die Zähne zusammenbeißen. Zwar waren die Verletzungen inzwischen geheilt, aber die Schmerzen würden mich wohl trotzdem noch für einige Zeit begleiten.

Ich atmete durch, blickte dann die Person an,

die direkt neben mir stand.

»Wie lange dauert das denn noch?«

Der Mann, gekleidet in einen noblen Anzug, der irgendwie an die Livree eines höfischen Dieners erinnerte, hob entschuldigend die Schultern. Auch er hatte wohl keine Ahnung vom fortschreitenden Verlauf der Dinge hinter der großen Tür.

Mit einem genervten Kopfschütteln setzte ich mich in Bewegung. Die Worte des Mannes, dass ich doch besser warten soll, so wie es abgesprochen war, ließ ich einfach an mir abprallen. Ich musste unbedingt wissen, ob alles wie geplant ablief.

Etwa zwei Schritte trennten mich noch von der Tür, als ich das Rufen hörte: »Vince?!«

Ich verharrte mitten in der Bewegung.

Langsame Schritte näherten sich, dann trat Lynda vor mich. Ihre Haare waren leicht gelockt, bewegten sich leicht im Schwung ihrer Schritte. Der Anblick der Frau, die heute einen modischen Hosenanzug trug, und mich mit einer Mischung aus Mahnung und Lächeln ansah, ließ mich leise seufzen.

»Du hast doch versprochen, dass du wartest«,

sagte sie, wobei ihre dunklen Augen neugierig nach meinen suchten.

Ich hatte zur Seite gesehen, nur im Augenwinkel kurz zu ihr geschaut. »Ich bin halt aufgeregt«, erwiderte ich, »Es ist eben das erste Mal, wie du weißt. Ich hab sowas noch nie gemacht.«

Lynda gab ein leises Brummen von sich, nahm dann meine Hand. »Mir geht es da auch nicht anders, Vincent. Ich bin auch total gespannt. Aber ich meinte, dass du auf mich warten wolltest. Oder ist deine Partnerin an zweiter Stelle, sobald es um eine Ausstellung geht?«

Mit einem Grinsen sah ich sie an. »Die vielleicht schon. Aber nicht meine Verlobte.«

Lynda kicherte, hauchte mir dann einen schnellen, zarten Kuss auf die Lippen.

Dann betraten wir in den Raum, in welchem die Ausstellung arrangiert worden war. Jene Ausstellung, die wir aus Dankbarkeit an Großtante Jo-Jo organisiert hatten.

Die darin präsentierten Stücke hatten wir sorgfältig zusammen ausgewählt. Sie zeigten den Besuchern der Ausstellung das Leben und

Wirken meiner Großtante, ihre erlebten Abenteuer, und auch ein bisschen was aus ihrem privaten Leben.

Sowohl für Lynda, als auch für mich, bedeutete diese Ausstellung so viel. Sie war ein Zeichen der tief empfundenen Liebe und Dankbarkeit, die wir beide für Jo-Jo empfanden.

Und die Idee dafür war nicht mal spontan entstanden, sondern ein Ergebnis dessen, was sich nach dem Zwischenfall im Keller der Hütte ergeben hatte ...

Nachdem meine Verletzungen weit genug verheilt gewesen waren, waren Lynda und ich erneut zu der Hütte gegangen. Das Schloss an der Kellerluke war mit dem passenden Schlüssel schnell geöffnet gewesen.

Ein größeres Rätsel hatte uns dafür die Stahltür im Gewölbe geboten. Es war ein völlig fremder Mechanismus gewesen, der mir einiges an Hirnschmalz abverlangt hatte. Ich hatte fast eine Stunde gebraucht, um das Ding überhaupt zu verstehen. Und nochmal so lange, bis ich das Rätsel gelöst hatte.

Doch die Wartezeit und das Grübeln hatte sich

wirklich gelohnt gehabt.

Hinter der Stahltür, auf Regalen gelagert, und in abgedeckten Kisten verpackt, hatte tatsächlich ein Schatz gewartet. Großtante Jo-Jo musste Wochen, wenn nicht Monate damit zugebracht haben, all diese Stücke dort zu verstecken. Der materielle Wert war unmöglich zu schätzen gewesen, der ideelle dafür aber unsagbar hoch.

Diese Schmuckstücke, Gemälde, Statuen und verschiedene weitere Preziosen, waren allesamt Teil von Großtante Jo-Jos abenteuerlichem Leben gewesen. Und nun, nachdem sie mir schon das Haus hinterlassen hatte, sollte auch all das nun mir gehören.

Für einen langen Moment war ich einfach nur überwältigt gewesen, hatte meine Augen über all die Schätze streifen lassen. Dann hatte Lynda meine Hand genommen, mich mit einem fast schon seligen Lächeln angesehen.

Und allein dieser Blick, das Funkeln ihrer dunklen Augen, die Freude, welche sie zeigte, hatte gereicht. Ich hatte genickt, und damit war die Entscheidung gefallen, dass wir eine Ausstellung einrichten würden, um meiner Großtante unsere Dankbarkeit zu beweisen.

Zuerst jedoch hatte ich dann doch noch ein paar Stücke ausgewählt, die ich schweren Herzens verkauft hatte. Aber leider hatte das Geld in dem Augenblick eben auch seine Wichtigkeit gehabt.

Anschließend hatte ich dann dem Stadtleben den Rücken gekehrt. Es hatte nach meiner Entlassung nichts weiter gegeben, was mich dort gehalten hatte. Also war ich in das Haus meiner Großtante gezogen.

Auch Lynda hatte ihr Zimmer behalten dürfen, obwohl sie sogar mit dem Gedanken an einen Umzug gespielt hatte. Doch mein Angebot, mietfrei dort bleiben zu dürfen, schon aus Dankbarkeit für meine Rettung, hatte sie dann doch angenommen.

Und es hatte auch nicht lange gedauert, bis aus unserer beginnenden Freundschaft mehr geworden war. Ja, Lynda und ich waren uns näher gekommen, überraschend schnell sogar.

Da wir ohnehin im selben Haus wohnten, uns täglich begegneten, und viel Zeit zusammen verbrachten, war es wohl einfach nur eine Frage der Zeit gewesen. Das gegenseitige Vertrauen war wie ein Quell gewesen, aus dem dann eine tief empfundene Liebe entsprang.

Und wem wir dafür zu danken hatten, das war uns beiden schnell klar geworden.

Irgendwie hatte ich ja ohnehin die ganze Zeit über das Gefühl gehabt, dass genau dies der eigentliche Schatz war, den Großtante Jo-Jo gemeint hatte. Und auch wenn Lynda es niemals zugeben würde, ihr ging es bestimmt genauso.

Großtante Jo-Jo hatte mit der Suche nach dem Schatz den Plan verfolgt, die beiden wichtigsten Menschen in ihrem Leben zusammenzuführen. Nachdem sie vorher jahrelang aufmerksam dafür gesorgt hatte, dass sie einander nicht begegnen konnten.

Für manche Leute mag sich dies ja vielleicht seltsam anhören, aber es war genau die richtige Strategie gewesen.

Und ich erinnere mich auch heute noch an jenes eine Zitat, das meine Großtante Jo-Jo früher immer wieder mit einem Lächeln gesagt hatte:

»Ein guter Partner ist wichtig im Leben, Vincent, und manchmal auch leicht zu finden. Aber der perfekte Partner, derjenge der seine eigene Angst überwindet, seine Prinzipien beiseiteschiebt, und sein Leben aufs Spiel setzt, um dir zu helfen? Dieser Partner, den gibt es nur einmal auf der Welt.

Und diesen einen Menschen zu finden, das bedeutet, einen wahren Schatz zu finden!«

~ Ende ~

Zeitfracht Medien GmbH
Ferdinand-Jühlke-Straße 7
99095 Erfurt, Deutschland
produktsicherheit@kolibri360.de